Der große WILLOW
Meine Abenteuer als Schlittenhund

Der große WILLOW
Meine Abenteuer als Schlittenhund

Melanie Schumacher, geb. 1969 in Düsseldorf, ist Mutter von zwei Kindern und lebt mit ihrem Mann und sieben Schlittenhunden in Florstadt. Durch ihre kaufmännische Ausbildung, einen USA Aufenthalt und ihren Beruf als Chefstewardess hat sie viele Menschen und Länder kennen gelernt und verstreut einige ihrer Erfahrungen in ihren Geschichten für Kinder. Schon als Kind entdeckte sie die Freude am Schreiben und verbindet diese nun mit den Huskys. Ihr Mann, Wolfram Schumacher wurde 2003 Deutscher Meister beim Schlittenhunderennen und arbeitet ebenfalls als Chefsteward.

Melanie Schumacher
Der große Willow

Meine Abenteuer als Schlittenhund

mit Zeichnungen von Johann van Rossum

Der große Willow
Meine Abenteuer als Schlittenhund
Autor: Melanie Schumacher
ISBN: 3-8330-1011-8

Zeichnungen und Titelbild: Johann van Rossum (www.johannvanrossum.nl)
Copyright Bilder: Johann van Rossum, Melanie Schumacher
Herstellung: Books on Demand GmbH, Norderstedt

Für Dominique

und alle Kinder, die die Sprache der Hunde verstehen!

Inhalt

Willow ist da!

Hallo, ihr - hier bin ich - äh...., ach so - ihr könnt mich ja nicht sehen... also werde ich euch meine Geschichte erzählen.

Ich glaube, es war irgendwann im Juni, heiß war es jedenfalls und ziemlich dunkel. Dunkel? Nein, es war natürlich nicht dunkel, sondern ich war gerade erst auf der Welt und hatte meine supersüßen Augen noch nicht geöffnet. Naja, das kennt ihr Menschenkinder nicht, ihr habt gleich vom ersten Tag an die Augen weit offen, wir Hunde brauchen dafür ungefähr 14 Tage. Aber bei meiner Geburt wußte ich das natürlich auch noch nicht. Es war einfach bloß dunkel. Und kalt...brrrr...war das kalt. Schnell kuschelte ich mich an Mamis warmen Bauch und rollte mich ganz doll ein. Huch - was war denn das...? Ich bekam doch glatt eine Pfote auf die Nase gestupst, die war genauso klein wie meine vier Pfoten!! Hey - noch eine, na, wieviele Geschwister habe ich denn eigentlich? Ich dachte mir, zählen kannst du später, jetzt wird erst einmal ein Nickerchen gehalten!

Als ich wach wurde - es kam mir vor als hätte ich viele Stunden geschlafen - streckte ich mich erst mal ordentlich (Das machen übrigens alle Tiere, aber es gibt viele *Menschen,* die das vergessen!) und dann hatte ich Hunger! Boah, hatte ich einen Hunger!!! Tja, wo ist hier die Küche? Meine Geschwister waren schneller als ich und fingen an, aus Mamis Zitzen die Milch zu saugen. Mit ihren kleinen Pfoten pumpten sie gegen ihren Bauch und schmatzten wie eine Horde unerzogener Löwenbabys.

Mann, war das aufregend. Und ich war der Größte und natürlich auch der Schönste von allen. Das sage ich. Sechs Geschwister habe ich gezählt. Fünf Schwestern, einen Bruder und ich. Ob ihr es glaubt oder nicht, sechs von uns sind schneeweiß und kaum zu unterscheiden. Nur mein Bruder hat ein dunkles Fell, wie unsere

Mami. Plötzlich fliegt die Türe auf und eine großer weißer Husky mit braunen Augen und buschiger Rute (so heißt unser Schwanz auf hündisch....) steht vor uns. PAPA!! Er verschwand schnell wieder, wollte nur nachzählen, ob wir noch alle da waren. Er heißt übrigens Fire, cooler Name, nicht? Er kann sehr schnell laufen, daher hat er sicher seinen Namen. Meine Geschwister heißen Azura (DIE HÜBSCHE), Loucie (DIE SCHEUE), Akita, Lu, Smokey (DER FRECHE) und Cheyenne. Und ich - der große WILLOW!!

Und weil ich so groß war, hatte ich auch ziemlich große Schwierigkeiten das Laufen zu lernen. Erst versuchte ich ein paar Schritte, dann kroch ich auf dem Bauch und schwups - ... lag ich auf der Nase. Mami holte mich zurück in die Kiste, wo wir alle sicher aufgehoben waren, aber ich mußte es nochmal versuchen. Eins- zwei - und hoppla, diesmal machte ich eine Rolle rückwärts und überrollte meinen Bruder Smokey. Der machte sich sowieso immer so breit. Dafür gab es eine weiche Landung und Mami holte uns beide wieder zurück.

Für den ersten Tag hatte ich genug erlebt und legte mich wieder schlafen.

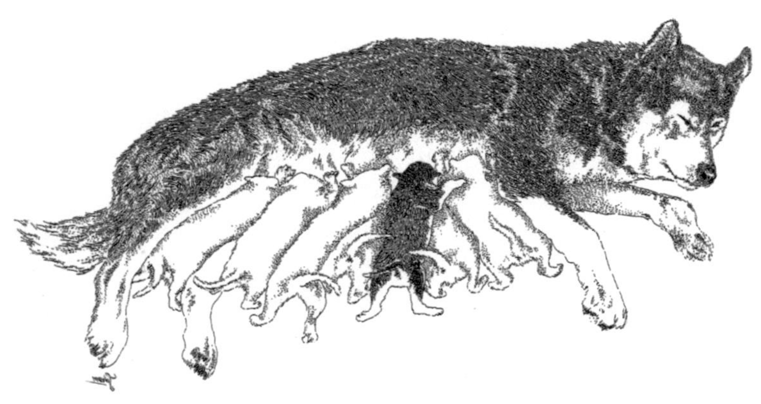

Dann, ganz plötzlich wurde ich wach. Meine Schwester knurrte und weinte, sie stieß mir mit der Pfote in den Bauch und zuckte mit den Ohren. Ich hatte Angst, dass es ihr nicht gutgehen würde und gab sofort meiner Mutter Bescheid. Die lachte laut los und schüttelte den Kopf.

Ich verstand die Welt nicht mehr. „Aber Willow, sie träumt doch nur vom Spielen!" Toll, dachte ich nur - muß sie mich denn dabei aufwecken? Na warte, jetzt träume ich - der große Willow!! Ich strengte mich so sehr an, etwas Schönes zu träumen, dass ich einschlief und alles um mich herum vergaß.

Dann kitzelte ein Schmetterling meine Nase und wollte, daß ich ihm nachlief. Es war nicht einfach ihn einzuholen. Er flog so schnell, über grüne Wiesen und Felder, durch einen dunklen Wald und setzte sich schließlich auf einen Ast um auszuruhen. Ich war völlig aus der Puste, musste mich erst einmal hinlegen und nach Luft schnappen. Ich war so schnell gelaufen, dass ich nicht mehr wusste, wo meine Familie war. Aber der Schmetterling hatte so schöne Farben, gelbrot und grün schimmerten seine Flügel und er sprach mit mir: „Sieh dir deine Welt an, Willow. Achte auf die Tiere und die Menschen. Freue dich über grüne Wiesen und die Bäume, sie werden sich verändern im Laufe des Jahres. Wirst du den Unterschied erkennen? Im Sommer ist es warm, der Winter wird dir lieber sein, du bist nämlich ein Schlittenhund. Du fühlst dich erst richtig wohl, wenn es schön kalt ist. Bald wirst du es selber herausfinden. Hab Geduld und halte Augen und Ohren offen!!"

Dann flog der Schmetterling weiter und zeigte mir einen großen See. Dort sah ich etwas im Wasser schwimmen und ich versteckte mich hinter einem Gebüsch. Voller Angst versuchte ich zwischen den Ästen zu erkennen was es war, doch der Schmetterling lachte mich aus: „Ach Willow, komm raus, du Angsthase, das sind junge Enten, die sich vor DIR fürchten" Natürlich - ich machte mich noch größer und trat ganz mutig an den See heran, damit sie mich sehen

konnten. War ich doch der große Willow! „Bitte, tu uns nichts",
quakten die Enten und versammelten sich ängstlich auf dem See. Da
wurde mir ganz warm ums Herz. Ich bin doch selber noch ein Baby,
wie könnte ich ihnen nur etwas antun? Der Schmetterling half mir
aus der Lage und sagte nur: „Was du nicht willst, was man dir tu,
das füge keinem anderen zu!" Recht hatte er. Ich machte mich auf
den Heimweg und......Heimweg? Wie komme ich bloß nach Hause?
Linksrum? - Nein, - rechtsrum –- MAMIIIIIII..!!!!!!! Ich weinte
und knurrte, bis ich von meiner Schwester einen Stoß in die Seite
bekam...Tja, ich hatte scheinbar alles nur geträumt. Jetzt hatte ich
mich wenigstens gerächt.

Die Jagd nach dem weißen Wurm

Vier Wochen später konnten wir schon richtig herumtoben. Da ging ordentlich die Post ab. Unser Herrchen ließ uns nun nach draußen in den Hundezwinger und für den großen Auslauf tollten wir auf einer Wiese, die war mindestens so groß wie England – naja, für mich jedenfalls. Eines Nachmittags fand ich eine große Herausforderung für meine hochempfindliche Spürnase. EINEN WURM!! Hätte nie gedacht, daß Würmer so groß sein können. Er ragte aus einem Holzstoß hervor und bewegte sich langsam hin und her. Nun wollte ich meinen Geschwistern beweisen, wozu der große Willow fähig war. Ich schlich mich ganz nah an den Wurm heran und duckte mich, legte meine Ohren an und machte mich so klein wie es nur möglich war. Mit leisen Pfoten kam ich näher, richtete meinen Blick auf den zappelnden Wurm und wartete den passenden Augenblick ab, um ihn zu erwischen. Mir stand der Schweiß auf der Stirn, ich versuchte mich zu konzentrieren. Alle werden stolz auf mich sein, und die ganze Welt wird erfahren, wie mutig ich bin. Dann war es so weit, ich machte einen Satz nach vorne, packte den Wurm mit meinen gefährlich großen Zähnen und zog ihn aus dem Holzstoß hervor. Ich zog und zog und zog, doch er ließ sich nicht herausbringen. Dann quietschte er laut, und verpaßte mir eins mit der Pfote.... PFOTE!!?? Seit wann hat ein Wurm Pfoten? Meine Schwester sah mich böse an. „Was fällt dir ein, mich in den Schwanz zu beißen?" Äh, Schwanz ?? Ich glaube, der große Willow muß noch sehr viel lernen!!!

Das Leben war wunderbar. Wir schliefen, fraßen, spielten, schliefen, fraßen und spielten und dann schließlich schliefen wir, fraßen und spielten. Im Garten stand ein Pavillon, der war so groß wie zehn Hundehütten und man konnte prima darunter kriechen und verstecken spielen. Leider wurde ich immer gleich gefunden, war ich doch so groß, daß ich schon von weitem leuchtete. Trotzdem spielte ich mit und kroch eben unter diese riesengroße Hundehütte. Tja, dann war es um mich geschehen. Zwar hatte mich meine Schwester Azura schon längst gefunden, aber, naja- wie soll ich es nur sagen - ich steckte fest! JA, ICH STECKTE FEST. Meine Hinterfüße waren im Freien, aber mein hübsches Köpfchen bekam ich nicht mehr heraus.

14

Ich drehte mich hin und her, duckte mich und machte mich ganz groß, zappelte herum wie eine Schlange, aber es bewegte sich nichts. Mein Bruder Smokey versuchte mich an den Vorderpfoten seitlich herauszuziehen. Gleichzeitig zogen Loucie und Azura an meinem kostbaren Hinterteil! „Das kann ja nichts werden" ,rief ich ihnen zu. „ Ihr müßt schon in die gleiche Richtung ziehen, sonst komme ich hier nie raus!" „Okay, machen wir !" ,kam die Antwort und wieder zog einer nach vorn und zwei nach hinten. „So geht das nicht, ich werde versuchen einen Graben zu buddeln, vielleicht komme ich dann heraus" ,rief ich ihnen zu und hoffte, dass dies eine gute Idee war. Ich buddelte und buddelte. Es vergingen viele Minuten, die mir wie Stunden vorkamen. Endlich hatte ich es geschafft. Jubelnd wurde ich von meinen Geschwistern empfangen und nun kam meine Mutter. „Willow, du siehst aus wie ein Maulwurf..!" sagte sie zu mir und war nicht gerade gut gelaunt. „So schmutzig bin ich noch nicht einmal beim Training, wenn es regnet und wir durch den dicksten Schlamm laufen." „Was denn für ein Training?", fragte ich sie. „Dafür bist du noch zu klein. Aber bald darfst du auch mit uns trainieren und im Winter sogar einen großen Schlitten ziehen!" Wow, dachte ich. Willow der große Schlittenhund.

Training

Stolz erzählte sie mir, wie im Winter die Huskys einen großen Schlitten durch schneebedeckte Wiesen ziehen, über zugefrorene Seen und durch Wälder, deren Bäume riesige Schneemassen tragen, die aussehen wie große weiße Federbetten, wie die Sonne sich auf den Schneekristallen widerspiegelt und Elche und Schneehasen ihre Spuren im Schnee hinterlassen.

Einmal waren sie viele Stunden im Schnee unterwegs. Sechs Schlittenhunde zogen einen großen hölzernen Schlitten hinter sich und ganz vorne lief meine Mama. Sie ist ein guter Leithund und zeigt dem ganzen Team wo es langgeht. Haben sie sich einmal verirrt, streckt sie ihre Spürnase in den Wind und versucht, wieder nach Hause zu finden. Sie versteht jedes Kommando, das der Musher - der Schlittenhundeführer - den Hunden zuruft. Sie ist es auch, die schnell versucht einen Ausweg zu finden, wenn es auf einem Weg einmal nicht weitergeht. Wenn sie erst gestartet sind, hört man nur noch die Kufen vom Schlitten über den Schnee gleiten, den hechelnden Atem der Huskys und schließlich die Pfoten, wie sie im leichten Trab über den Weg laufen. Manchmal treten sie auf einen Ast, dann hört man es knacksen oder der Schlitten muß ein wenig abgebremst werden, weil es einen Abhang hinunter geht, dann hört man auch die Metallkralle über den Schnee schleifen und die Fahrt wird etwas langsamer.

Mama erzählte, wie sie im hohen Norden eine Schlittentour machten und plötzlich nicht mehr weiterkamen. Der Schnee wurde so tief, das ihre Pfoten darin stecken blieben, der Schlitten immer schwerer wurde bis das ganze Team einfach stehen blieb. „ Was sollen wir jetzt tun?“ fragten die Huskys hinter ihr.

„ Ich weiß es nicht, laßt es uns noch einmal versuchen. Nehmt all eure Kraft zusammen und zieht so fest ihr nur könnt. Gemeinsam werden wir es schaffen! Eins, zwei drei und....UUUaaaaaahhhhh, UUUUaaahhhhh, UUUaaaahhhh,....." „Wir schaffen es nicht, wir müssen den Schnee etwas platt treten, damit wir wieder weiterkommen!" Ihr Musher versuchte bisher, den Schlitten von hinten anzuschieben, aber schaffte es keinen Meter weiter nach vorn. Dann holte er große Schneeschuhe aus seinem Schlittensack hervor und zog sie über seine Schuhe. Jetzt lief er vor dem Hundeteam durch den Schnee und trat ihn so platt, daß die Hunde mit wenig Mühe hinter ihm herlaufen konnten. Es war bitter kalt, doch der Musher schwitzte vor Anstrengung. Es wurde schon fast dunkel als sie endlich nach Hause kamen und sich von ihren Strapazen ausruhen konnten. Jeder Husky hatte einen schönen mit Stroh ausgelegten Schlafplatz und eine Hütte, in die er sich zurückziehen konnte. Nach dem Abendessen rollten sich alle Hunde ein und schliefen bis zum Morgengrauen.

„Erzähl mir mehr von deinen Abenteuern!" ‚bat ich meine Mutter. „Nein, Willow, für heute ist erst einmal genug. Jetzt gehen auch wir schlafen und wer weiß, vielleicht erzähle ich dir morgen Abend noch ein wenig!" Wir gingen alle zurück in unseren Hundezwinger, rollten uns ein, und ich freute mich auf eine weitere Geschichte.

Bald schon durfte ich zusehen, wie die erwachsenen Schlittenhunde im Sommer ihr Training vollzogen. Mann, war das aufregend. Meine Geschwister und ich klebten förmlich mit der Nase am Zaun und beobachteten ganz genau, wie sich alle auf ein Training vorbereiteten. Da es bekanntlich im Sommer keinen Schnee gibt, laufen die Hunde vor einem Wagen, auf dem der Musher steht oder sitzt. Meine Kumpels - also die großen Huskys - kamen jeweils zu zweit an eine lange Zugleine, die wiederum mit dem Wagen verbunden war. Nun ging es los. Alle Huskys bellten laut vor Aufregung und auch ich konnte nicht stillhalten, auch wenn ich nicht mitlaufen durfte. Sie sprangen wie wild auf und ab, warteten sehnsüchtig darauf, dass die Bremse gelöst wird und es endlich losgeht. Dann - wupp - die Ohren angelegt, die Augen geradeaus- ging's schnell wie ein Blitz über die Wiese auf einen Weg. Nur eine Staubwolke war noch zu sehen und schon bald konnten wir sie kaum noch erkennen, so weit waren sie schon entfernt.

„Mannomannomann.... habt ihr das gesehen? Meint ihr wirklich, dass wir das auch bald können?" „Na, logo, ich - der große Willow - werde ein berühmter Schlittenhund, schneller als alle anderen und klug wie ein Fuchs!" „Jetzt gib mal nicht so an, Willow, erst einmal müssen wir hart arbeiten und gerade du brauchst eine Extralektion. Wer einen Hundeschwanz mit einem Wurm verwechselt und unter einer Hütte steckenbleibt wird niemals ein guter Schlittenhund, ha-hahahahaha…" „Ihr seid so gemein...." ‚sagte ich „…euch werde ich es zeigen!!" Traurig ging ich zu meinem Schlafplatz und wartete darauf, dass meine Mama vom Training zurückkehrt und mich tröstet. „Aber ich möchte so gerne ein großer Schlittenhund werden!!", sagte ich ihr später „Willow, mein Schatz, es gibt noch viele Dinge im Leben, die du lernen musst. Hab Geduld und warte bis deine Zeit gekommen ist. Jetzt ist es wichtig mit deinen Geschwistern auszukommen und groß und stark zu werden. Nimm dir nicht zu viel vor, sonst wirst du enttäuscht sein, wenn du dein Ziel nicht erreichst." „Gut, du hast recht, Mama, erst einmal werde ich versuchen, der Schnellste von meinen Geschwistern zu sein, morgen werde ich damit beginnen!"

Am nächsten Morgen war ich als erster wach. „Eins-zwei, eins-zwei, eins-zwei...." „Willow, was in aller Welt machst du da so früh am Morgen?" „Gymnastik", erwiderte ich und bewegte meine rechte Vorderpfote auf und ab. „So, nun ist die linke dran...Eins-Zwei, Eins-Zwei, Eins-Zwei...." „Und du meinst wirklich, dass du damit der schnellste sein wirst?", fragte mich Smokey. „Naja, man muss eben klein anfangen." „Das sagst du uns, der Größte von uns allen...." Später liefen wir um die Wette . Die Wiese rauf, die Wiese runter, rechts, links, hin und her. Puh, war ich müde. Völlig erschöpft legte ich mich auf den Rücken und streckte die Pfoten in die Luft. „Ich kann nicht mehr, ich werde niemals der Schnellste sein..!" „Nun gib doch nicht so schnell auf, Willow, laß dir Zeit!" Mutter hatte immer die richtigen Worte , aber sie war schließlich nicht wie ein Pfeil über die Wiese gelaufen. So, genug Pause gemacht, ich sprang wieder auf alle vier Pfoten und wetzte los, die Wiese rauf, die Wiese runter, rechts, links, hin und her.........Die Wiese rauf, die Wiese runter, rechts links, hin und her......

So, das war genug. Ich nahm einen ordentlichen Schluck Wasser und legte mich in die Sonne, jetzt hatte ich ein Nickerchen verdient.

Reif für den Reifen...

Viele Wochen vergingen und wir wurden immer reifer. Jetzt durften wir schon das gleiche Futter fressen, wie all die anderen. Auch bekam jeder von uns seine eigene Hütte, seinen eigenen Freßnapf und natürlich ein eigenes Halsband. Diesen Tag werde ich niemals vergessen. Zuerst störte mich dieses Band um meinen Hals, ich versuchte es abzustreifen, schüttelte mich hin und her, aber ich bekam es nicht los. Dann sah ich all die großen Hunde mit ihren wunderschönen Halsbändern. Jetzt war ich stolz zu ihnen zu gehören. Jetzt war ich erwachsen!!

Naja, vielleicht nicht ganz. Mein Fell war immer noch weich wie ein Baby, abends hörte ich Gute-Nacht-Geschichten und am liebsten spielte ich Verstecken, indem ich mir die Augen zuhielt und die anderen mich suchen mußten. Auch wenn ich laut bellen musste, hatte niemand Angst vor mir. Im Gegenteil, ich zeigte meine gefährlich großen Zähne und lief rückwärts, ähm, naja... damit mir niemand etwas tun konnte! Ich wurde viel gestreichelt und manchmal sogar auf den Arm genommen. Okay, ich war ein wenig schwer dafür, aber ich versuchte mich nicht zu bewegen oder herumzuzappeln. Meine Ohren waren viel zu lang und hingen dann am Ellbogen herunter. Kinder spielten gerne mit mir, warfen mir einen Ball zu oder ich durfte an ihren Schuhen herumkauen. Die Schnürsenkel mag ich am liebsten, die kann man prima wie eine Nudel herausziehen und dann irgendwo verstecken. Tja, man musste schon schnell sein, um dem großen Willow etwas wegzunehmen. Hatte ich einmal etwas zwischen meinen Zähnen, gab ich es nicht so schnell wieder her.

Das Erwachsenwerden war ganz schön anstrengend. Immer häufiger sollte ich still sitzen bleiben oder einfach den Erwachsenen zuhören. Mann, war das langweilig. Sie sprachen dann darüber, wie es früher einmal war, als sie noch klein waren. Viel strenger seien sie erzogen worden. Pöh, ist doch mir wurscht. Ich jedenfalls wollte meinen Spaß haben. Raus in die Welt - naja, zumindest in den Garten, der ist nicht so gefährlich........

Schnell lernte ich dann, daß ich mich auch mit den anderen vertragen mußte. Ein Rüde - so heißen die Männer bei den Hunden - aus unserem Rudel hieß Bubbaloo! Komischer Name, oder? Wir nannten ihn einfach Babba, das war einfacher. Auf jeden Fall hatte Babba etwas Feines zu fressen in seinem Napf - sah ganz schön lecker aus. Naja, ich wollte nur kurz daran schnuppern, vielleicht auch mal ein ganz klitzekleines bisschen probieren. Da zeigte er mir seine großen Zähne und schubste mich mit einem lauten Gebrüll an die Seite. Mann, hatte ich Angst. Aber nun wußte ich, dieses Futter gehörte ihm! Nie mehr versuchte ich, einem anderen etwas wegzunehmen, eigentlich hatte ich ja selber genug zu fressen, aber das Futter der anderen schmeckt nun einmal besser. Finde ich jedenfalls. Und die Großen bekommen schließlich eine Extraportion. Eigentlich müßte ich bei meiner Größe auch eine Extraportion bekommen. Und wenn aus mir der weltbeste Schlittenhund werden soll, na, dann schon zweimal...aber..zu viel fressen macht dick. Dick sein will ich nicht, also lassen wir das Ganze. Konzentrieren wir uns lieber auf das Wesentliche. Ich überlegte, wie die Sache mit dem Schlittenhundedasein noch mal ablaufen sollte. Also, erst einmal sollten wir ein gewisses Gewicht ziehen und dabei auch noch schnell laufen können. Hm, Gewicht ziehen, locker - dachte ich. Ich suchte mir einen großen, alten Autoreifen und mein Musher band ihn mir mit einer Schnur an mein superschönes *niegelnagelneues* Halsband. Dann wollte ich den Berg hinauflaufen und anschließend wieder herunter. Ist doch eine Kleinigkeit!

Alle meine Geschwister waren gekommen um sich dieses Spektakel anzusehen.

Meine Eltern, Babba und die anderen waren auch gekommen um zu bestaunen, was ich schon alles schaffen kann. „Willow, lauf nicht zu schnell, sonst überholt dich dein Reifen womöglich noch....!“ „Willow, glaubst du, du schaffst es heute noch zurückzukommen.....?“ „Fall nicht über deine Füße, Willow, die brauchst du zum Laufen...!“ „Hahaha,“ dachte ich mir, „macht euch ruhig über mich lustig, ihr werdet schon sehen.“ Ich holte gaaaanz tief Luft, überprüfte zur Sicherheit, ob die Schnur richtig befestigt war und ob der Weg frei ist von irgendwelchen Hindernissen, die eventuell meine Schnelligkeit beeinträchtigen könnten. Nö, alles paletti, also kann es losgehen.

Eins, schnauf, zwei – schnauf, schnauf, drei ......Ich raste los wie ein aufgescheuchtes Huhn, den Reifen hinter mir hergezogen, den Berg hinauf und das mit einer Geschwindigkeit, die kein Schlittenhund der Welt übertreffen kann. Doch dann sollte es ganz anders kommen. Die letzten Meter bis ich oben ankam waren ein Graus. Immer mehr musste ich mich anstrengen. Ich nahm alle Kraft zusammen,

Schweiß stand mir auf der Stirn, mein Puls raste und die Luft blieb mir weg. Dann sah ich schwarze Sternchen vor meinen Augen, meine Beine wurden ganz weich. Der Reifen war für mich kein Reifen mehr, er wurde so schwer, als würde ich einen Traktor hinter mir herziehen, und er ließ sich auch nicht mehr von der Stelle bewegen. Dann ein Rrrrruumps....! Ich verlor das Gleichgewicht, fiel rückwärts herunter, über den Reifen, über meine eigenen Füße kopfüber in den Reifen hinein bis ich steckenblieb. Dann setzte sich der Reifen in Bewegung, den Berg runter mit einer Geschwindigkeit, die ich niemals hätte laufen können. Uiiuiuiuiuiuiuiuiuiuiui.............Mir wurde sooooo schwindelig, alles drehte sich: die Bäume, die Vögel, meine Geschwister und mein Magen. Es schien unendlich zu dauern bis ich dort ankam, wo ich losgelaufen war. Die anderen hatten Tränen in den Augen, so sehr lachten sie über mich. Lachten über den armen, mutigen Willow, dem doch nur ein kleines Mißgeschick passiert war. „Komm, Willow, wir helfen dir aus dem Reifen heraus!" „Jetzt siehst du aus wie ein Kerzenständer......!!!" Und wieder brachen alle in lautes Gelächter aus. Ich wollte aufstehen, aber alles drehte sich. Meine Füße liefen nach rechts und nach links, wollten einfach nicht geradeaus, ich mußte mich hinlegen und erst einmal Pause machen. Tja, dachte ich, so einfach ist es nun doch nicht, einen Schlitten hinter sich herzuziehen...

Es war ein schöner Tag, an dem etwas geschehen sollte, was ich erst sehr viel später richtig verstehen konnte. Wir bekamen Menschen-Besuch, ein Mann und eine Frau, die in unseren Zwinger kamen um mit uns zu spielen. Sie waren sehr nett aber irgendwas war im Busch. Ich wußte nicht so recht was das sein sollte, ich sollte es aber bald erfahren. Zuerst spielten sie mit uns allen. Wir wurden gekrault, legten uns auf den Rücken und ließen uns am Bauch kitzeln. Smokey zog an ihren Schnürsenkeln und Cheyenne und Lu schlichen sich von hinten an um ihnen am Gürtel zu ziehen. Wir hatten eine Menge Spaß und dachten nicht im Traum daran, dass sich dies ändern sollte. Es wurde viel geredet, was ich leider nicht verstehen konnte. Unser Musher war auch dabei, wir wurden genau beobachtet und immer wieder zeigten sie mit dem Finger auf Cheyenne, Lu und Akita. Was war bloß mit ihnen? Sie wurden auf den Arm genommen, gestreichelt und langsam aus dem Zwinger getragen. Sie wehrten sich dagegen, stemmten ihre kleinen Pfoten gegen die starken Hände und jaulten. Ich wollte nicht, dass sie gehen, sprang immer wieder am Zwinger hoch und bellte so laut ich nur konnte. Jetzt fing ich an zu begreifen. Wir sollten die drei niemals wiedersehen. Sie bekamen ein neues Zuhause, wo sie ebenfalls eine Schlittenhundekarriere erwartete. Aber dieser Anblick wird mir in meinem ganzen Leben nicht mehr aus dem Kopf gehen. Nachts, wenn es dunkel wird, sehe ich Lu vor mir, wie ihr die Tränen über die Nase laufen und ihre braunen großen Augen mich anstarren als sie weggetragen wurde. Vor lauter Verzweiflung krallte sie sich fest und schrie, weil sie nicht fort gehen wollte. Akita sprang dem Menschen von seinem Arm herunter, rannte zu unserem Zwinger und versuchte von außen wieder hereinzukommen. Sie zwängte ihren Kopf durch die Gitterstäbe, versuchte sich an mir festzuhalten, wurde aber dann wieder von hinten auf den Arm genommen und endgültig in ihr zukünftiges Zuhause gebracht. Manchmal glaube ich, sie jaulen zu hören, dann heule ich zurück in der Hoffnung, sie jemals wiederzusehen.

Wir alle wissen, dass es ihnen gut geht und trotzdem wünsche ich mir oft die schönen Zeiten zurück, an denen wir alle gemeinsam im Garten herumtollten, uns stritten oder einen neuen Streich ausdachten.

Der erste Schnee

Viele Monate vergingen und ich sollte bald schon erfahren, was es heißt ein Schlittenhund zu sein. Eines schönen Wintertages sollten wir alle gemeinsam mit dem Auto eine große Reise antreten. Ich war ganz schön aufgeregt, überlegte schon, was ich alles mitnehmen müßte. Auf alle Fälle ein bisschen Stroh, damit ich nicht frieren muss und vielleicht auch meinen Lieblingsknochen, den ich gut versteckt hatte, damit ihn mir niemand wegnimmt. Ja, äh- apropos gut versteckt..........tja, ähem, wo war denn dieses gute Versteck noch ??!! Ach, ja, unter der Hütte hinterm Futternapf in circa 15 cm Tiefe.....So, meine Reiseutensilien wären gepackt, jetzt konnte es losgehen. Die Autofahrt war ganz schön langweilig. Ich versuchte, so viel wie möglich zu schlafen, dachte mir irgendwelche Streiche für meine Geschwister aus und schleckte mir die Pfoten. Nach vielen Stunden - oder waren es Tage? - kamen wir endlich an unserem Zielort in Skandinavien an. Gleich bekamen wir unser wohlverdientes Futter und ein ruhiges Plätzchen, wo wir uns ausruhen konnten. Aber.... wie sah es denn hier aus...??? Ich kletterte aus dem Auto und hatte plötzlich eiskalte Pfoten... „Iiiiihhhh", dachte ich, „und nass sind sie jetzt auch noch!".....Aber wunderschön sah es hier aus. Alles war weiß, die Bäume sahen aus, als hätte es Puderzucker geregnet. „Willow , das ist Schnee, du wirst dich daran gewöhnen. Der Winter zeigt sich gerne im weißen Kleid. Morgen wirst du sehen können, wie die Sonne sich darin widerspiegelt. Millionen kleiner Kristalle werden die Landschaft verzaubern und du wirst sehen, dass der Schnee sehr, sehr viel Spaß machen kann.

„Na, da bin ich aber gespannt..." ,antwortete ich meiner Mutter und legte mich erst einmal auf meinen kleinen Haufen Stroh, meinen Lieblingsknochen fest umklammert, damit er nicht verloren geht.

Dann kam der Morgen. Mann, was für ein Morgen. So was hätte ich mir niemals träumen lassen. Die ganze Welt schien einen weißen Mantel zu tragen und es funkelte und leuchtete, dass ich meinen Augen nicht zu trauen wagte. Ich hielt mir beide Pfoten vor das Gesicht und wartete einen Augenblick. Dann nahm ich sie ganz schnell weg und es war immer noch da. Schnee - massenhaft Schnee direkt vor meiner Nase. Mannomannomann. Gleich schleckte ich eine handvoll von diesem weißen Gold von meiner Pfote und spuckte es gleich wieder aus. „Pfui, lecker ist dieser Schnee sicher nicht...!" „ Der ist schließlich nicht zum Essen gedacht" , klärte mich meine Mutter auf. „Du sagtest doch, man könne mit dem Schlitten fahren, wenn es Schnee gibt. Werden wir das heute versuchen?" „ Ganz genau!" ,bekam ich als Antwort. „Weißt du, Mami, ich habe schon so oft davon geträumt, einen echten Schlitten ziehen zu dürfen, genauso wie du es kannst. Glaubst du, dass es möglich ist, es einmal auszuprobieren?" „Ausprobieren, Willow? DU WIRST ein Schlittenhund!! Glaube mir, in dir steckt die ganze Kraft, die du dazu brauchen wirst. Dein Kopf muß frei sein von allen anderen Dingen, deine Nase wird immer nach vorne zeigen. Ich verspreche dir, du bist der geborene Schlittenhund mit allen Fähigkeiten, die dazu benötigt werden. Vertraue deiner Nase, deinen Augen, deinem Sinn - und bald schon wirst du merken, was Vertrauen bedeutet." Puh, so ernst habe ich meine Mami selten erlebt. Ich war gespannt, was da auf mich zukommen wird. Später legte ich mich noch einmal aufs Ohr.

„Willow, wuff - wuff, wir wollen los....wau wau ...na los, komm endlich....wuff...!" Fast hätte ich das erste Training im Schnee verschlafen. Alle anderen waren bereits in ihren Geschirren und wurden vor den Schlitten gespannt. Sie waren kaum zu halten, so sehr freuten sie sich, endlich laufen zu können. Mein Geschirr war dunkelblau. DUNKELBLAU. Aber nicht irgendein DUNKELBLAU. Dieses Blau war so schön, daß nur ICH es tragen konnte.

Jetzt stand ich vor dem Schlitten. Mein Herz raste, ich zog an der Leine und sprang in die Luft, so sehr freute ich mich, endlich einen Schlitten ziehen zu dürfen. Dann ging es los. Ein Kommando und das ganze Team rannte los. Es wurde ganz still, der schneebedeckte Boden war superweich. Es war wirklich so, wie Mami es erzählt hatte. Nein - es war viiiiieel schöner. Wunderbar kalt war es an diesem Tag. Kein Mensch war zu sehen. Und ich wollte nur eins - laufen, laufen, laufen......Ich lief direkt hinter meinen Geschwistern Azura und Loucie. Wenn ich gekonnt hätte - pöh - leicht hätte ich sie überholen können.... leider war ich an der Zugleine befestigt. Somit war jeder Hund an seinem Platz und es gab keinen Streit.

Wir fuhren durch einen Wald bis wir an einen großen See kamen, der natürlich zugefroren war. Ein riiiiiesen Teich, der sah aus wie eine Schlittschuhbahn so groß wie Amerika. Dann überquerten wir den Teich.

Ganz langsam und vorsichtig, damit das Eis nicht einbricht und wir im Wasser verschwinden. Mir fielen Mutters Worte ein, und ich verließ mich ganz auf mein Gespür und meine Nase. Vorsichtshalber schloß ich auch meine Augen, damit ich besser hören konnte. Das war unser aller Rettung. „KKKrrrrrrbbbbrrrrkkkrrrrrbbbbbrrrrruuuurrrrruuumpps"

Ein ohrenbetäubender Knall überraschte uns ganz plötzlich und ich war der Erste, der ihn wahrgenommen hatte. „Achtung, Leute, das Eis bricht....schnell, legt Euch flach auf den Boden und bewegt euch keinen Zentimeter....Wir müssen versuchen, einen anderen Weg zu finden, dieser ist zu unsicher...!" ,rief meine Mutter und schrie, so laut sie nur konnte, damit die anderen sie hörten. Es vergingen einige Minuten, bis wir wussten, was zu tun war.

Mami war unsere Leithündin, sie traf die Entscheidung das ganze Team nach links umzudrehen und ein Stück zurück zu fahren, dann wieder nach rechts und den Rest des Teiches zu überqueren. Mir zitterten die Beine. Soviel Angst hatte ich in meinem ganzen kurzen Leben noch nicht. „Seid ihr bereit, Leute? Also, seid schön leise und bewegt euch ganz langsam. Wenn ich es euch sage, macht ihr die Linksdrehung und geht äußerst vorsichtig los, ohne zu springen und ohne fest aufzutreten. Seid ganz ruhig, fahrt nicht eure Krallen aus und versucht, den Schlitten gleichmäßig zu ziehen....!" Meine Mutter sprach ganz gelassen, sie wußte genau, was sie zu tun hatte. Also drehten wir das Team um und gingen ganz vorsichtig über den Teich. Wir wagten nicht einmal laut zu schnaufen so sehr waren wir konzentriert auf unsere Sache, oje, dachte ich nur, ob das wohl gutgeht. Es ist gutgegangen. Wir alle schüttelten uns vor Freude, machten erst einmal eine Pause und schleckten uns die Pfoten, die von dem Eis ganz schön kalt geworden waren.

Unser Musher brachte uns Booties, das sind kleine bunte Säckchen, in die wir unsere Pfoten stecken konnten: fast so wie Strümpfe, nur nicht so schön.

Diese Booties sollten uns helfen, unsere Pfoten etwas zu schonen, damit wir keine Eisklumpen zwischen die Zehen bekamen.

Nachdem wir uns alle von diesem Schrecken erholt hatten, machten wir uns auf den Heimweg. Dabei fuhren wir um den See herum. Dieser Weg war natürlich wesentlich weiter als wenn wir ihn noch einmal überquert hätten, aber keiner von uns hätte auch nur eine einzige Pfote auf dieses Eis gesetzt. Durch unseren kleinen Umweg kamen wir sehr viel später zu Hause an als eigentlich geplant war, auch wurde es schon langsam dunkel. Eine Stunde später und wir hätten die Pfote vor dem Gesicht nicht mehr erkennen können. Gut, dass wir eine prima Spürnase haben. Mutter hätte sowieso wieder nach Hause gefunden, da bin ich mir ganz sicher. Wir waren ganz schön müde, putzten unsere Futternäpfe leer und wollten schlafen gehen. Da fing mein Vater an, eine Geschichte zu erzählen. Das wollten wir uns natürlich nicht entgehen lassen und rückten näher zusammen um ihm zuhören zu können.

Das lebensrettende Rennen

„**I**ch erzähle euch jetzt eine wahre Geschichte. Hört mal alle gut zu. Es hat einmal Schlittenhunde gegeben, die einer ganzen Stadt in Alaska das Leben gerettet haben. Es war vor langer Zeit, im Jahre 1925, als in der Stadt Nome eine Krankheit ausbrach, die Diphterie heißt. Diese Krankheit ist sehr ansteckend und die Stadt liegt direkt am Meer, weit weg von jeder anderen Stadt. Es gab ein Mittel um diese Krankheit zu besiegen, nur leider war dieses Mittel 1450 Kilometer weit weg und man wußte damals nicht, wie es nach Nome kommen soll. Es hat zu dieser Zeit bereits Flugzeuge gegeben, aber leider nur wenige. Und diese konnten im Winter nicht fliegen. Das Cockpit war noch keine geschlossene Kabine und die Technik dieser Flieger eignete sich einfach nicht für extrem niedrige Temperaturen. Es lag sehr viel Schnee und war bitterkalt. Auch gab es keine Straße, die zu dieser Stadt führte. Also gab es nur eine einzige Möglichkeit: Mit einem Schlittenhundeteam das Mittel – man nennt es Serum - so schnell wie möglich dorthin zu bringen.

Ein kurzes Stück konnte man es mit dem Zug transportieren. Aber dann waren die Menschen auf ihre Schlittenhunde angewiesen. Es gab 20 Menschen, die sich auf diesem langen Weg abwechselten und sage und schreibe 100 Hunde. Diese wurden an verschiedene Stationen verteilt. Immer wenn ein Team müde war, übergab man das Serum an einer Station einem neuen Team und dann ging es weiter. Die Ärzte hatten die Hoffnung bereits aufgegeben. Viele Kinder waren erkrankt, einige sogar gestorben. Die Krankheit breitete sich aus wie ein Lauffeuer. Es war Mitte Januar und die Stadt Nome mit ihren 1439 Einwohnern war verzweifelt. Es gab nur einen Arzt, er wußte nicht mehr, wie er den vielen Menschen helfen sollte.

Dann machten sich die Hunde auf den weiten Weg. Bis zur Erschöpfung liefen sie durch den Schnee. Über Berge und zugefrorene Seen, durch Wälder und kilometerlange Wiesen, mit dickem Schnee bedeckt. Balto hieß der beste Leithund bei diesem Wettlauf. Er war schon viele Stunden unterwegs, als es plötzlich einen Schneesturm gab und weder Musher noch Hunde etwas sehen konnten. Der Schnee fühlte sich an wie tausend Nadelstiche, es wurde noch kälter um sie herum. Der Wind war so stark, dass alle die Augen schließen mußten. Jetzt waren sie auf Balto angewiesen, er mußte versuchen, den Weg zu finden.

Er strengte sich mächtig an, dachte immer an die Kinder, denen er das Leben retten wird, sollte er diesen langen Weg hinter sich bringen. Er war müde und hungrig, aber versuchte, seine ganze Kraft dafür einzusetzen, den Menschen in Nome helfen zu können. Das Serum war gut verpackt. Eingefroren in einem Behälter, in dem es nur wenige Tage aufbewahrt werden durfte. Dann würde es seine Wirkung verlieren und die ganzen Strapazen wären umsonst gewesen. Also mußten sie sich beeilen, der Weg war noch lang.

Sie machten eine kurze Pause und sofort rollten sich alle Huskys zusammen und schliefen eine Zeit lang. Balto träumte davon , dass alle kranken Kinder in Nome aus ihren Betten springen würden und nach draußen auf die Straße rennen. Sie tanzen und hüpfen herum, dass jeder sehen kann: sie sind wieder gesund. Balto steht mit stolzer Brust in ihrer Mitte und alle küssen und umarmen ihn, so dankbar sind sie, dass er es geschafft hat, das lebensrettende Mittel nach Nome zu bringen. Sie überreichen ihm einen Orden und feiern diesen Sieg.

Als er wieder wach wurde, hatte er neue Kraft gesammelt und wollte um jeden Preis diese Kinder gesund machen. „Los aufstehen, müde Bande!" ,rief er seinen Kollegen zu, er konnte es kaum erwarten, in

Nome anzukommen. Sie mußten noch eine harte Zeit überstehen, sie fühlten sich blind von dem vielen weißen Schnee um sie herum. Teilweise war der Weg sehr schmal und alle mußten zusammenrücken um nicht den Abhang herunter zu fallen. Sie machten kleine Schritte, die Beine verschwanden völlig im tiefen Schnee. Balto und seinen Kameraden taten die Pfoten weh.

Sie wollten einfach nicht mehr weiter laufen. Er blieb stehen und gönnte ihnen noch eine kurze Pause. „Eßt und trinkt eine Kleinigkeit, dann wird es euch besser gehen, denkt immer an die vielen Kinder in Nome. Eine ganze Stadt erwartet uns mit vielen Leckereien, einem Haufen Stroh und natürlich einem schönen Schlafplatz. Ich gebe euch mein Ehrenwort, so wahr ich hier stehe, wir werden dieses Serum noch rechtzeitig nach Nome bringen!!" Nach der kurzen Rast ging es weiter.

Und tatsächlich sollte Balto sein Ehrenwort einhalten. Am 2. Februar 1925 um 5:30 morgens erreichte das gesamte Team die Stadt Nome. Sie hatten nur 6 Tage gebraucht, um die 1450 Kilometer lange Strecke zurückzulegen. Die Menschen wollten ihren Augen nicht trauen, als sie das Gespann in der Ferne entdeckten. Sollten sie es tatsächlich geschafft haben? Sollten sie uns wirklich vor dem sicheren Tod bewahren? Das sollten sie. Das Serum wurde sofort in die Klinik gebracht und allen Kranken verabreicht. Die Straßen füllten sich mit glücklichen Menschen. Alle jubelten und bedankten sich bei den Huskys für ihre unglaubliche Tapferkeit.

Die Kinder streichelten einen nach dem anderen, lösten sie aus ihrem Geschirr, gaben ihnen all ihre Leckereien, die sie in den letzten Tagen für sie gesammelt hatten. Da waren Knochen, Fleisch, Fisch und eine große Tonne mit frischem Wasser. Sie fühlten sich dick und rund, als sie endlich ihre Schlafplätze aufsuchten, sich in das warme Stroh legten und ihren wohlverdienten Schlaf nahmen. Balto war überglücklich, daß er es geschafft hatte. Seine Geschichte ging um die

ganze Welt. In New York ließ man sogar eine Statue für ihn anferti-
gen. Alle Schlittenhunde hatten ihre ganze Kraft für die Menschen
eingesetzt. Sie hofften darauf, dass die Menschen das gleiche für sie
auch tun würden.

So, meine Lieben, bei den kleinen Dackeln hieße es nun: husch,
husch, ins Körbchen, da ihr dort aber nicht reinpassen würdet, legt
euch aufs Stroh und träumt was Schönes..“

Willow beißt sich durch

Mann, das war eine aufregende Geschichte. Was heißt Geschichte, es ist tatsächlich so gewesen. Ich dachte mir nur, Balto - Willow - wo ist der Unterschied? Ich hätte es auch geschafft, das Serum nach Nome zu bringen. Ich wäre auch von allen Kindern gefeiert worden, ich hätte mindestens genauso viele Leckereien bekommen, ich ..... vor lauter ich fielen mir die Augen zu und ich war weg. Tief und fest war ich eingeschlafen, verpasste den Sonnenaufgang und fast das nächste Training. Diesmal fuhren wir eine längere Strecke. Kein See mußte überquert werden und auch sonst gab es keine besonderen Vorkommnisse. Es war schon fast langweilig, da machten wir auch noch Rast. An einem völlig langweiligen Ort. Ich wühlte mit meiner Nase im tiefen Schnee um herauszufinden, ob es vielleicht dort etwas gab, was meine Aufmerksamkeit erregen konnte. Nichts. Schnee und nichts. Nichts als Schnee. Schneenichts, nichtsschnee.... Dann kaute ich halt an meiner Zugleine herum. Hm, das war gut. Schmeckte nicht gerade nach Himbeer oder Schokolade, aber gut. Ratz - fatz - war die Leine durchgebissen. Na, das war einfach, dachte ich mir, dann schaffst du es mit der anderen Seite auch. Gedacht - getan. Ich war frei!!!! Ich hatte mich losgebissen und nicht einer hatte es bemerkt, hihi. So, nun stand ich da. Ohne Leine, ohne mir etwas in meinem schlauen Köpfchen ausgedacht zu haben. Ich machte mich unauffällig auf den Weg in den Wald.

Alle anderen hatten sich zusammengerollt und bekamen von all dem nichts mit. Ich schaute hinter den nächsten Baum - nichts - Schnee...Na gut, dann schaue ich halt hinter den nächsten Baum.. - nichts - nur Schnee. Hinter dem zehnten Baum war auch nichts, dann hörte ich etwas. Leise Schritte tapsten durch den Schnee, oder eher - hoppelten. Ein Schneehase!!!! Juchuuu, mein erster Schneehase. Und wie hübsch er war, ganz weiß mit riesengroßen Ohren und dunkelbraunen Augen. Ich wußte nicht wieso, aber mir lief plötzlich das Wasser im Maul zusammen.

Ich hatte Lust, diesen Hasen einzufangen. Ganz flach legte ich mich hin und beobachtete ihn. Er fing an zu scharren, dort schien etwas vergraben zu sein. Das war mein Startschuß. Mit einem Satz sprang ich auf ihn zu und hatte ihn..... fast gehabt. Aber wo war er hin? Weit und breit kein Schneehase zu sehen, hatte ich schon zu viel Schnee

38

gesehen? Nein, die Spuren konnte ich noch genau erkennen, diesen folgte ich auch gleich. Sie führten zu einem kleinen Loch am unteren Ende eines dicken Baumes. Ich stellte mich direkt davor und kläff-te: „Komm sofort raus, du Hase, du...Ich bin Willow, du hast wohl noch nie etwas von mir gehört, oder? Wenn du nicht rauskommst, dann.....äh, naja, dann kommst du wohl nicht raus.." Was sollte ich denn machen, wenn er einfach nicht wollte? Ich versuchte mühsam mit meiner Pfote hineinzugreifen. Ich fühlte nichts. Dann buddelte ich das Loch ein wenig größer und versuchte es noch einmal. Hm, da war Sand, Holz, etwas trockenes Gras und aaaaaaaaaaaaaaaaaaa hhhhhhhhhhhhhhhhhhhhhhhhhhhh....................Dieses langohrige Hüpfmonster hatte mich in die Pfote gebissen ohne sich dabei zu zeigen. Eine riesige Wunde klaffte an meiner kostbaren Pfote, die natürlich dringend versorgt werden musste.

Hoffentlich gab es genügend Pflaster und Verbände, hoffentlich ist auch ein Schmerzmittel dabei. Meine Gedanken spielten völlig verrückt, mein Puls raste und es tat so weh!!! Ich nahm meine Beine in die Hand - oder Pfote - um so schnell wie möglich zu den anderen zurückzukehren, aber ich konnte sie nicht mehr finden. Entweder waren sie bereits weitergefahren, ohne mich überhaupt zu vermissen, oder aber ich hatte mich tatsächlich verlaufen. Ich wußte es noch genau, es waren zehn Bäume!! Also zehn Bäume bevor ich anfing dem Hasen zu folgen. Ich konzentrierte mich so gut ich nur konnte , versuchte die Bäume wiederzuerkennen, aber ich hatte keine Chance. Sie sahen alle gleich aus, sie alle hatten einen dunklen Stamm, der in den Himmel ragte und eine weiße Krone. Ich bellte so laut ich nur konnte. Heulte und kläffte, dass sich der Hase seine langen Löffel zuhielt. Aber keiner antwortete. Langsam humpelte ich durch den Wald. Traurig versuchte meine Nase den Weg zurückzufinden. Nicht die Spur einer Fährte war zu erkennen. Wind kam auf und wehte mir um die Ohren. Ich mußte an meine Geschwister denken, an das warme Stroh und an zu hause, an meine Mama, meinen Vater, Babba und all die anderen. Es wurde schon langsam dunkel, ich hatte furchtbare Angst. Die Schmerzen an meiner Pfote waren längst vergessen. Die Trauer in meinem Herz war viel größer.

Schon bald war am Himmel der große helle Mond zu sehen, die Sterne funkelten als ich mir ein schönes Plätzchen suchte, an dem ich die Nacht verbringen konnte. Ein Holzstoß von umgefallenen Bäumen war der richtige Ort dafür. Ich rollte mich zusammen und sah noch ein wenig in den wunderschönen Himmel, dann fing ich an zu heulen. Ich heulte über eine Stunde, so laut ich nur konnte und hoffte so sehr auf eine Antwort. Irgend jemand musste mich doch hören, dachte ich nur. Es kann doch nicht sein, daß sich hier an diesem Ort niemand aufhielt. Bin ich wirklich ganz alleine...?? Wieder streckte ich meine Nase in den Himmel und heulte wie ein

Wolf huuuuuuuuuh huuuuuuuuuh huuuuuuuuuuuuh huuuuuuuuuh
huuuuuuh .....

Jetzt drehst du völlig durch, dachte ich. Jemand hatte mein Rufen gehört. Was aber um alles in der Welt war dieser Jemand? Wie von Sinnen blieb mir die Stimme im Hals stecken und ich blieb stocksteif stehen. Mein Kopf war weit in den Nacken gelegt und meine Augen starrten in den Himmel, wenn das noch ein Himmel war. Was passierte dort oben? Ein riesen Schleier schimmerte in grün - blauen Farben über mir, verwandelte seine Form und sah aus wie ein Zauberer auf einem Besen. Die Angst war plötzlich wie weggeblasen. Mein Rufen hat sich gelohnt, der Zauberer wird mir sicher helfen, meine Familie wiederzufinden. Sein Umhang war bestickt mit blauen Blumen und .....nein, was passierte denn jetzt.......?

Er war verschwunden, es erschien ein gräßlicher, feuerspuckender Drache mit riesen Zähnen und gefährlich großen Krallen. Er kam auf mich zu und..... nein, kein Drache, jetzt sah ich ein Flugzeug, aber ohne Flügel, die waren jetzt Bäume, nein, Häuser.....ich verstand gar nichts mehr. Was war das? Die Lichter über mir tanzten umher, wurden kleiner und größer wirbelten und zischten in alle Himmelsrichtungen , bildeten einen langen Faden und formten sich dann wieder zu einem Ball.

Ich wußte wirklich nicht mehr, ob ich Angst haben sollte oder mich über dieses phantastische Farbenspiel freuen sollte. Tatsache war nur, dass ich meinen Blick von diesem einzigartigen Spektakel nicht abwenden konnte und vollkommen fasziniert war. Wenn nur alle anderen jetzt hier sein könnten um dieses Wunderwerk zu betrachten. Ob sie wohl in den gleichen Himmel schauen? Sehen sie den gleichen Mond und die gleichen Sterne wie ich sie sehe? Oder gibt es dort, wo sie sich befinden, einen anderen Himmel? Fragen über Fragen, die mir leider niemand beantworten konnte. Absolut keiner. Nicht einmal der Schneehase, der jetzt sicher nicht mehr mein Freund sein möchte.

Echte Freundschaft

„**H**ey, hast du Lust mit mir zu spielen? Was bist du für ein Tier?"
Ich zuckte zusammen, als mich ein kleines Elchkind von hinten
ansprach.

„ Wir dürfen nur nichts meiner Mutter erzählen, die sagt nämlich
immer, ich soll nicht alleine im Dunkeln herumspazieren!" „Ich bin
Willow - der GROSSE Willow, weißt du denn nicht, dass ich gefährlich für dich sein könnte? Ich bin viel kräftiger und schneller als du,
aber du hast Glück, meine Pfote ist verletzt und außerdem würde ich
dir sowieso nichts tun. Eigentlich bin ich auch noch sehr klein und
habe meine Familie verloren. Sag, hast du vielleicht eine Ahnung, was
das oben am Himmel sein soll? So etwas Schönes habe ich in meinem ganzen Leben noch nicht gesehen. Ist das Zauberei?" „Hihihihi,
Zauberei - ja fast könnte man es so nennen. Das ist das Nordlicht.
Man nennt es auch Polarlicht. In ungefähr 100 km Höhe entsteht
dieses Polarlicht durch Ströme elektrisch geladener Teilchen, die von
der Sonne ausgehen und im Magnetfeld der Erde abgelenkt werden.
Das gibt sogenannte erdmagnetische Stürme, die diese prachtvollen
Farben zeigen. Manchmal sehen sie aus wie eine leuchtende Krone,
ein zerstreutes Licht oder ein beweglicher Vorhang." „ Na, du kennst
dich vielleicht aus, woher weißt du das alles?" ‚wollte ich wissen. „ Ich
lebe hier oben im Norden und auch wenn ich noch klein bin, habe
ich schon viele Polarlichter gesehen. Das erste Mal war ich genauso
überwältigt wie du und habe gleich meine Mutter gefragt, was das
sein könnte. Sie hat es mir dann erklärt, auch wenn ich es bis heute
nicht ganz verstanden habe. Hast du es verstanden, Willow?" „Na
klar, hab ich. Also, da oben das ist ein Polarlicht, dieses entsteht durch
mit Strom gefüllte Kuchenstückchen, die von der Sonne in ein mag-
netisches Fußballfeld geschossen und dort abgewehrt werden. Dann

ist der Stürmer sauer und wird grün und blau! War das o.k.?" „Naja, lassen wir das mal gelten. Ist ja auch egal. Wo ist deine Familie?"

Das war wie ein Schlag in die Magengrube. Fast hätte ich vergessen, dass ich ganz alleine hier im Wald sitze und vielleicht nie wieder zu meiner Familie finden werde. Tränen kullerten mir übers Gesicht. „Keine Ahnung, wo sie jetzt sind. Ich wollte doch bloß mal sehen, ob es hier im Wald etwas zu entdecken gibt. Woher sollte ich wissen, dass dieser Wald so riesengroß ist und mir niemand sagen kann, wie ich wieder zurückfinden kann. Das habe ich doch alles nicht gewollt, bitte hilf mir sie wieder zu finden! Du bekommst auch meine ganze Portion Fleisch, wenn ich wieder zu Hause bin!" „Willow, weißt du denn nicht, dass Elche am liebsten Grünzeug essen? Aber trotzdem danke. Lass mich doch mal kurz überlegen, was wir tun können, damit wir deine Familie so bald wie möglich wiederfinden. Also, wir könnten zum Beispiel versuchen, deine Spuren zurück zu verfolgen.

Das würde sicher Tage dauern, so wie du hier im Wald herumgeflitzt bist, wir könnten uns auch trennen, jeder von uns geht dann in eine andere Richtung und versucht sie zu finden. Ich bin sicher, wir würden uns nie wiedersehen. Du würdest dich hoffnungslos verlaufen. Eine dritte Möglichkeit wäre, alle Tiere im Wald zusammenzurufen und gemeinsam eine Suche zu starten. Ich weiß bloß nicht, ob sie dir helfen wollen. Nachdem du den Schneehasen so sehr verschreckt hast, wird sich herumgesprochen haben, dass du mit Vorsicht zu genießen bist. Du bist ganz schön groß für dein Alter, man könnte wirklich Angst vor dir haben."

„Ich weiß, ich bin ja auch der große Willow, nur nützen tut mir das in meiner jetzigen Lage reichlich wenig! Wie sollen wir denn die ganzen Tiere im Wald rufen, ohne dass sie vor mir davonlaufen?" „Lass das mal meine Sorge sein, Willow. Vielleicht solltest du dich erst einmal verstecken, damit sie überhaupt aus ihren Winterquartieren herauskommen um mir zuzuhören! Die größte Mühe wird sein, das alles meiner Mutter zu erklären, ohne dass sie mich gleich wieder nach Hause schickt." „Gut, ich verkrieche mich unter diesen Holzstoß. Sag mir, wann ich wieder herauskommen soll!"

Ich kroch ganz tief unter das Holz, nur meine Augen konnten durch einen kleinen Schlitz sehen, was sich da draußen abspielte. Ich kann euch kaum erzählen, was dort los war. Das Elchkind hatte einen Laut von sich gegeben, der so ohrenbetäubend war, dass ich mir beide Ohren zuhielt. Es vergingen keine zwei Minuten, bis die ersten Tiere aus diesem Wald herangehoppelt, gelaufen, gerannt, geflogen oder gekrochen kamen. Scharenweise kamen Elche, Schneehasen, Füchse, Schneehühner, Rentiere, Auerwild, Mäuse, Wölfe, Eichhörnchen und verschlafene Schwarzbären, die es gar nicht lustig fanden, dass wir sie aus ihrem Winterschlaf geweckt hatten. Eine riesengroße Staubwolke aus Schnee bildete sich am Horizont. Von allen Himmelsrichtungen kamen sie zu uns um zu hören, was es für einen Notfall gegeben hatte.

Der Ruf, den das Elchkind abgegeben hatte, war eine Art Notruf, der für alle Tiere im Wald bedeutete, dass sie sich versammeln und gemeinsam versuchen ein Problem zu lösen. Dieses Problem war ich. Sie wussten es nur noch nicht. Es dauerte eine halbe Stunde, dann waren alle Tiere da, setzten sich in den Schnee oder auf einen Ast und warteten, bis das Elchkind ihnen mitteilte, was es denn so Wichtiges gab.

Zuerst hüstelte es ein paarmal bevor es anfing zu sprechen. „Ähm, tja, erst einmal vielen Dank, dass ihr alle so zahlreich erschienen seid. Wir haben jemanden in unserer Mitte, der dringend eure Hilfe benötigt, sonst wird er vielleicht nie wieder zu seiner Familie zurückkehren können." Alle Tiere sahen sich um, versuchten herauszufinden, wer dieser Jemand sein könnte. Sie murmelten und rätselten, bis das Elchkind weitersprach. „Ihr könnt ihn nicht sehen, er hat sich vor euch versteckt. Nicht weil er Angst hat, sondern weil ihr euch vielleicht vor ihm fürchten könntet." Das Murmeln wurde noch lauter, es wurde leise diskutiert. Dann sprach einer der Schwarzbären: „Ich fürchte mich ganz sicher nicht, soll er doch rauskommen, dann wird sich alles weitere zeigen." „Nein, bitte nicht..." ‚sagte dann das Eichhörnchen, „nachher ist dieser Jemand ein Dinosaurier und wird mit Feuer um sich spucken!" Dann meldete sich der schlaue Fuchs: „Erstens, liebes Eichhörnchen, sind Dinosaurier schon längst ausge-

46

storben und zweitens glaube ich kaum, dass unser kleines Elchkind uns so etwas zumuten würde!" „Ganz richtig" ,antwortete dieses, „um es ganz genau zu sagen ist es ein..... also ein kleiner.......naja, für sein Alter ist er eigentlich recht groß, der .... außerdem ist er verletzt und ist furchtbar traurig seine Familie verloren zu haben........." „Nun sag schon, Elchkind, was ist er?" „ Ein Husky!" Rumps. Das war's, dachte ich. Blitzschnell verschwand alles unter 1 m Größe hinter oder auf den Bäumen, in Erdlöchern oder unterm Schnee. Nur noch wenige der Tiere waren geblieben, um mir zu helfen. Ich kroch langsam aus meinem Versteck heraus und zeigte mich den anderen. Meine Ohren hingen herunter, mein Kopf war gesenkt. Ich traute mich nicht einen Ton zu sagen, ließ einfach das Elchkind sprechen. „Bitte helft ihm, seine Familie zu finden, sonst ist er verloren. Willow ist es nicht gewohnt, im Wald zu leben. Er gehört nicht hierher, würde kein Futter finden und muss daher dringend wieder nach Hause." „Gut, wir werden uns auf die Suche machen, aber glaub ja nicht, dass wir uns mehr als 100 Meter den anderen Hunden nähern werden!" ,sagte das Rentier. „Also gut, verteilt euch in alle Richtungen und wenn ihr sie gefunden habt, ruft so laut ihr könnt, damit alle anderen es hören können!" Das Elchkind war eine Perle. Ohne es hätte ich ganz sicher nicht gewusst, was ich tun soll. „Wir sprechen uns später....erst einmal werden wir deinem Freund helfen!" ,sagte seine Mutter, nachdem sie sich erst einmal alles angehört hatte, sie war eine große Perle. Wir teilten alle Tiere in vier Gruppen ein.

Die Falle

Der Bär und das Rentier liefen nach Norden, der Wolf und Mutter Elch nach Osten, der Fuchs lief nach Süden und das Elchkind und ich machten uns auf den Weg Richtung Westen. Vorher wurde meine Pfote fachmännisch von Mutter Elch versorgt. Sie rieb die Wunde mit Schnee ab und sagte mir, ich solle mich nicht so anstellen. Und schon war alles verheilt.

Es war gar nicht so einfach genau zu wissen, in welcher Richtung denn nun der Westen lag. „Ist doch ganz einfach, du folgst einfach der Sonne, dort wo sie untergeht, liegt Westen!" ‚wurde ich von meinem treuen Gelehrten unterrichtet. „Was für eine Sonne?" ‚wollte ich wissen. Schließlich war es Winter und es war bloß 4 Stunden am Tag richtig hell. „Wenn du dir den Himmel mal genau ansehen würdest, könntest du den Unterschied schon feststellen. Verlass dich ruhig auf mich, schau lieber mal nach, ob dir unser Weg bekannt vorkommt, vielleicht bist du ja wirklich aus dieser Richtung gekommen." „Naja, Bäume habe ich auf dem Weg in den Wald auch gesehen, na und Schnee erst recht, ich glaube wir laufen richtig." „Schnee und Bäume gibt es hier überall, du Pflaume, versuche dich zu konzentrieren!" Ich gab mir die größte Mühe. In alle Richtungen schaute ich mich um, versuchte etwas Bekanntes zu erkennen. Nichts. Dann hörten wir einen lauten Schrei. Der Fuchs. Es klang nicht, wie ein - wir haben sie gefunden - Schrei. Nein, dass war ein Hilferuf, ein schmerzhafter Schrei. Sofort gingen wir auf die Suche , folgten seiner Stimme und fanden den Fuchs in einer Biberfalle, die von den Menschen im Sommer hier aufgestellt werden.

Sein Fuß hing fest in der Metallschlinge und mußte furchtbar wehtun. Das Elchkind hielt seinen Fuß fest und ich versuchte, die Falle aufzubekommen, um ihn herausziehen zu können. Die Schlinge war ganz schön fest geschlossen, ich hatte alle Mühe, sie mit meinen Pfoten aufzustemmen. Aber ich schaffte es. Der Fuchs war fast ohnmächtig vor Schmerzen, lag am Boden und jammerte laut. Ich dachte mir, die Wunde mit Schnee einzureiben und ihm zu sagen, er solle sich nicht so anstellen, wäre in diesem Fall nicht richtig. Diese Wunde war weitaus schlimmer als mein kleiner Kratzer vom Schneehasen. Wir versuchten zuerst, ihn zu beruhigen, gaben ihm etwas Wasser zu trinken und überlegten, was wir tun könnten. „Wir müssen ihn zu seinem Fuchsbau bringen, damit seine Wunde heilen kann. Aber wie sollen wir das anstellen?" fragte das Elchkind „Ganz einfach, ich bin doch ein Schlittenhund, und zwar ein kräftiger. Wir schnüren ein paar Äste zusammen, legen ihn darauf und ich ziehe ihn bis zu seinem Bau. Schnell, lass uns Äste sammeln, damit er nicht so lange hier liegen bleiben muß!!" Gesagt, getan. Aus dünnem Reisig baute ich eine Schlinge, die ich wiederum an meinem Halsband befestigen konnte. Den Fuchs legten wir auf die aus Ästen gebaute Matte und ich zog sie den ganzen Weg zurück bis zu seinem Bau. Langsam wurde er wieder wach und wir legten ihn vorsichtig vor den Eingang, damit er sich verkriechen und seine Wunde pflegen konnte. „Ich danke dir, Willow, du bist wirklich ein großartiger Schlittenhund...tut mir leid, dass ich nicht weiter helfen kann, deine Familie zu finden, ich hoffe aber, dass es dir gelingen wird!" ,sagte der arme Fuchs leise, bevor er sich in seinen Bau zurückzog.

„Tja, dann lass uns noch einmal von vorne beginnen, Willow. Wir müssen uns vor den Fallen in acht nehmen. Nicht, dass noch ein anderer verletzt wird. Viele Tiere in diesem Wald sind schon in diese Fallen getappt, die meisten konnten jedoch nicht mehr gerettet werden. Sie verhungern elendig und müssen schlimme Schmerzen erleiden. Hoffentlich wird es bald keine Fallen mehr geben. So, und nun auf nach Westen, weißt du noch, wo das ist?" „ Na, klar - im Osten geht die Sonne auf, im Süden nimmt sie ihren Lauf, im Westen wird sie untergehen, im Norden ist sie nie zu sehen - stimmt's?" „Wo hast du denn den tollen Spruch her, Willow?" „Tja, von mir kannst du auch noch etwas lernen...!"

Abschied

Viele Stunden vergingen, ohne dass auch nur irgend jemand eine Spur von einem Schlittenhundegespann finden konnte. Dann kamen wir an den Waldrand und es wurde heller. Weit vor uns sahen wir, wie sich Rauch in der Luft sammelte. Wir überlegten, was das sein konnte. Wir konnten ein Lagerfeuer erkennen und je mehr wir uns näherten, auch einen Menschen, der an diesem Feuer saß und .....ja...... ein Gespann mit Schlittenhunden.....!!!!!!

Sofort streckte ich meine Nase in die Luft und heulte lauthals, damit mich die anderen hören konnten. Mein Ruf wurde erwidert, das gesamte Team stand auf, schüttelte sich und heulte zurück. Alle Nasen reckten sich in den Himmel, der Husky - Ruf war ohrenbetäubend. Mir liefen die Tränen übers Gesicht, so sehr freute ich mich, all die anderen wiederzusehen. Meine Mutter tobte laut und sprang in ihrem Geschirr hin und her, so sehr hatte sie mich vermißt. Jetzt mußte ich mich vom Elchkind verabschieden. Ich wußte nicht so recht, was ich sagen sollte. Unglaublich dankbar war ich ihm, dass es mir geholfen hatte und mir auch so viel über das Leben der Tiere im Wald erzählen konnte. Leider konnte ich mich nicht mehr bei den anderen Tieren für ihre Mühe bedanken, aber ich sagte dem Elchkind, es solle meinen Dank ausrichten. Nun mussten wir sie noch wissen lassen, dass wir meine Familie gefunden hatten. Das Elchkind stieß einen komischen Laut aus, es hörte sich an, als würde man den Kopf in ein Wasserglas stecken und einen Tarzan-Schrei ausstoßen. Naja, so ähnlich. Jedenfalls wussten nun alle Bescheid. Ich legte meine Pfote um seinen Hals und schleckte ihn am Ohr. „Danke.“ Mehr konnte ich nicht sagen. „Hier habe ich noch ein Geschenk für dich. Es ist eine kleine Feder, die dir Glück bringen soll. Sie ist von einem Bart-Kauz, das ist ein Vogel fast wie eine Eule und hat einen Kopf, der aussieht wie eine Satelliten-Schüssel. Er kann sehr gut hören, er findet sogar eine Maus unter der Schneedecke. Trag sie immer bei dir, sie wird dir sicher gute Dienste leisten." Das Elchkind gab mir diese Feder und ich nickte bloß. Vor lauter Tränen konnte ich kaum etwas erkennen, trotzdem rannte ich los und galoppierte zu meinem Team.

Dort war die Freude riesig. Alle wedelten mit ihren Schwänzen, schnüffelten an mir herum und konnten kaum erwarten zu hören, was ich alles erlebt hatte.

„Nie wieder" ,schwor ich, „mache ich mich einfach so aus dem Staub ohne zu wissen was mich erwartet." Wieder zu Hause angekommen, verging kein Abend, an dem ich nicht von meinen Erlebnissen erzählen sollte. Ein wenig stolz war ich schon, dass ich im Wald mindestens zwei gute Freunde gewonnen hatte, das Elchkind und sicher auch den Fuchs, dem es hoffentlich auch wieder besser ging.

In den nächsten Tagen durften wir einige Male frei herumlaufen. Das war ein Gaudi. Ich gab mir sehr große Mühe, mich nicht zu weit zu entfernen, sonst landete ich wieder irgendwo im Wald. Meine Geschwister waren in letzter Zeit ordentlich gewachsen, aber ich war immer noch der Größte. In jeder Hinsicht. Keiner traute sich an meinen Freßnapf, ich brauchte nur ganz leicht meine Lefzen anzuheben (bei euch sagt man Lippen dazu, hihi) und schon verschwand alles aus der unmittelbaren Nähe meiner Futterstelle.

An einem Abend verdichtete sich der Himmel und es wurde ganz plötzlich dunkel. Es fing an zu schneien und machte den Anschein, als würde dies die nächsten 24 Stunden so bleiben. Wir legten uns schlafen und träumten von Schneemännern, Schneeballschlachten und Iglus. Am nächsten Morgen bekam ich einen Schreck. Schon wieder war ich ganz alleine auf dieser Welt. Keine Eltern, Geschwister, Freunde, kein Schlitten, kein Musher, keine Futternäpfe und erst recht kein Stroh. Was ist nun wieder passiert? Wieder streckte ich meine Nase in die Luft und fing an, laut zu heulen. Innerhalb weniger Sekunden sprangen alle anderen Huskys auf, schüttelten sich und schauten mich an, als hätten sie noch nie einen Hund gesehen. „Wir sind doch bloß eingeschneit, Willow, unter der dicken Schneedecke ist es noch viel wärmer. Leg dich hin und schlaf weiter...!" Wie peinlich. Ich überlegte, ob ich ihnen erzählen sollte, dass mich eine Maus gebissen hat und ich deshalb heulen musste. Nein, das glaubt mir doch sowieso keiner. Natürlich konnte ich kein Auge mehr zumachen. Es wurde schon hell, Zeit zum Aufstehen. An diesem Tag fuhren wir nur ein kleines Stück mit dem Schlitten. Mittlerweile hatte ich soviel gelernt, dass ich weiter vorne laufen durfte, direkt hinter den Leithunden. Mit erhobener Brust verstand ich jedes Kommando, versuchte der erste zu sein, der in die gewünschte Richtung lief. Das funktionierte leider nicht immer so wie ich gerne wollte. Die gerade Linie, die unser Team bildete, bekam eine leichte Beule, wenn alle geradeaus liefen, nur ich nach rechts wollte. Wir mussten einen großen Bogen laufen, wenn es in die Kurve ging, sonst hätten wir den Schlitten hinter uns zu Fall gebracht. Ich hatte schon viel gelernt, es gab aber noch viel mehr, was ich wissen sollte.

So zum Beispiel die Sache mit den Brücken. Endlich durfte ich einmal ganz vorne laufen, ja - der große Willow als Leithund. Leider war dieses Mal vorläufig das Letzte. An einem sonnigem Tag, wunderbar kalt, mit strahlend blauem Himmel und frischem Schnee machten wir uns auf zu einer kleinen Schlittentour. Willow ganz vorne rechts, neben meiner Mutter Carmen, stolz wie Oscar. Dann kam diese Brücke. Eine winzige, schnell zu übersehende Brücke über einen zugefrorenen Bach. Vor dieser Brücke ging es bergab, so dass wir alle ein gutes Tempo fuhren, unsere Zungen hingen aus dem Maul und der Atem ging sehr schnell. Dann ging es Richtung Brücke, alle sahen diese Brücke, alle - bis auf mich, Willow. Ich hatte einen anderen Weg gewählt, nur leider war ich der Einzige. Meine Augen zeigten geradeaus, an dieser Brücke vorbei, über den Bach und auf der anderen Seite wieder hinauf. Wäre auch kein Problem gewesen, wenn nicht eine Horde Schlittenhunde und ein großer Schlitten mit zum Team gehörten. Rumps, schhhhttttt, krach, schon lagen wir im Schnee, der Schlitten mit den Kufen nach oben gerichtet, die Hunde um den Brückenpfeiler gewickelt, alle auf der Brücke - nur ich befand mich unter der Brücke. „Ups, Tschuldigung, Leute....!" ,mehr fiel mir nicht ein. Den Rest des Weges lief ich wieder an zweiter Stelle, hinter den Leithunden. Hat auch Vorteile, ich brauche mich nicht auf den Weg zu konzentrieren und folge nur den anderen.

Hundebesuch

Wir machten ein paar Tage Trainingspause. In dieser Zeit besuchte uns ein Musherkollege mit seinen 14 Huskys. Sechs Hunde waren in meinem Alter, vier Erwachsene und vier Rentner. Einer der Rentner sah nicht gerade gesund aus. Er hatte Durchfall, dann ging es ihm übel und außerdem musste er unentwegt husten. Keiner wußte so recht, was es für eine Krankheit war . Offensichtlich ging es ihm schon seit längerer Zeit nicht sehr gut. Niemand schien sich an seinem Zustand zu stören. Alle anderen sprangen herum und wir durften dann alle gemeinsam spielen. Das war ein Chaos!! Überall wedelnde Husky-Schwänze, wir purzelten übereinander her und spielten Fangen und Verstecken. Jeder wollte der Schnellste sein, es wurde überholt, über den anderen hinweg gesprungen und manchmal auch unfair mit dem Kopf angerempelt, das machte am meisten Spaß.

Gab es einmal Generationsprobleme, wurden diese ganz diplomatisch geregelt: wer stärker war, hatte gewonnen. Ich hatte also gute Karten. Unser kranker Rentner sah sich das ganze Spiel nur am Rande mit an. Zu müde war er um daran teilzunehmen. Mir tat er ziemlich leid, konnte aber leider nichts unternehmen. Ich fand es sehr schade, als der Besuch sich wieder auf die Pfoten machte und nach Hause fuhr.

Wir wurden alle wieder festgebunden, damit wir nicht verloren gingen. In der nächsten Nacht sollte niemand von uns zum Schlafen kommen. Babba fing an zu winseln, meinen Geschwistern schien es auch nicht besonders gut zu gehen und Mutter piepste vor lauter Bauchweh. Mein Vater hatte bereits am Abend zuvor sein Futter verschmäht, was äußerst selten einmal vorkam. Allen ging es schlecht. Bis auf einen, MICH. Warum hatte es mich nicht auch erwischt? Hatten sich die anderen etwa bei dem Rentner angesteckt? Es schien eine gepfefferte Magen-Darm-Grippe zu sein. Was sollte ich bloß tun? Meine Mutter hatte bereits die Zunge aus dem Maul hängen, meine Geschwister piepsten und jaulten. So, jetzt ist Schluß. Vielleicht kommt endlich mal ein Mensch um uns zu helfen. Der Musher muss her. Sofort. Sicher liegt er in seinem Haus und schlummert tief und fest. Licht konnte ich jedenfalls keines mehr erkennen. Zuerst fing ich an zu heulen. Dann lauter. Dann jaulte und kläffte ich, aber es schien niemanden zu interessieren. Jetzt wurde es ernst. Mutter verdrehte langsam ihre Augen und wurde immer schwächer. Es mußte etwas passieren. Ich sprang an meiner Kette hoch, versuchte sie zu lösen, zog an ihr so fest ich nur konnte. Mein Hals war schon ganz wund, mein Halsband gab keinen Zentimeter nach. Vor lauter Luftnot musste auch ich anfangen zu röcheln, aber ich durfte nicht aufgeben. Ich überlegte kurz. Dann sah ich einen Stein. Den musste ich erwischen, koste es was es wolle.

Ich streckte meinen Körper ganz lang, versuchte mit meiner Vorderpfote diesen Stein zu erwischen . Iiiiirrrrrrrrgggg, iiiiiiirrrrrrrgg. Geschafft. Er rollte mir entgegen und ich legte die Kette darüber. Dann nahm ich das eine Ende zwischen die Zähne und das andere in die Pfoten. Ritsch, ratsch, ritsch, zog ich sie über den Stein immer hin und her, damit sie in der Mitte in zwei Teile reißt. Hm, die Leine wäre einfacher, dachte ich mir, das habe ich ja bereits gelernt wie leicht sie zu durchbeißen ist. Mit der Kette hatte ich meine Probleme. Mir stand der Schweiß auf der Stirn, aber ich versuchte es noch viele Male. Dann endlich hatte ich die Kette auseinander. Ich lief so schnell ich konnte zu dem Haus und kratzte an der Tür. Dann bellte und jaulte ich , damit der Musher gleich merkt, daß etwas nicht in Ordnung war. Das Licht ging an und die Türe öffnete sich. Im Schlafanzug und mit einem Gewehr bewaffnet rannte er mir nach zu dem Platz wo alle anderen lagen. Es wurde allerhöchste Eisenbahn. Schnell rannte unser Mensch zurück zum Haus, holte ein Medikament und kam zurück, um es den anderen zu verabreichen. Er hielt jedem Hund das Maul auf, warf eine Tablette hinein und gab ihnen reichlich Wasser zu trinken. Dann kamen alle in ihre Hundeboxen, damit sie sich ausruhen konnten. Da ich der einzige war, der keinerlei Krankheitssymptome zeigte, nahm er mich mit ins Haus und ließ mich dort schlafen. Das war ein Luxus. Naja, eigentlich wollte ich lieber draußen sein als in einem viel zu warmen Haus, aber ein kleiner Tapetenwechsel kam mir gerade gut gelegen. Schlafen konnte ich natürlich nicht. Mein Mensch wollte mich weiter beobachten, ob ich nicht vielleicht doch noch krank werde. Die ganze Nacht sah ich mir die vielen Dinge an, die an der Wand hingen. Gewehre, ein Elchgeweih, Bilder von wunderschönen Winterlandschaften, ein Spiegel - den ich natürlich erst einmal anbellen musste, da war schließlich ein anderer Hund zu sehen - und ein ausgestopfter Schneehase, lebendig wäre er mir lieber gewesen.

Mein Mensch streichelte mich ausgiebig, damit gab er mir zu verstehen, wie dankbar er mir war, dass ich unser ganzes Team gerettet habe. Bin eben doch ein großer Willow, in jeder Hinsicht!! Ich dachte mir: „Wenn ich so weitermache, gibt es vielleicht bald auch von mir eine Statue in New York mit meinem Namensschild. Wir werden sehen." Am nächsten Tag ging es allen Hunden schon wieder erheblich besser. Sie fingen langsam wieder an zu fressen, waren noch ein wenig müde, aber machten schon wieder einen sehr gesunden Eindruck. Alle bedankten sich bei mir, das machte mich natürlich mächtig stolz.

Willow als Detektiv

Unser Aufenthalt im hohen Norden wurde zu einem einzigartigen Erlebnis. Ein Abenteuer jagte das andere und somit sollte sich auch noch ergeben, dass ich mich als Detektiv Spürnase als äußerst geeignet bewies. Als an einem Tag die Fressenszeit näher rückte, hörte ich unseren Musher bereits fluchen, als er die Näpfe füllen wollte. Die Hälfte des Futters war verschwunden. Keiner konnte sich einen Reim darauf machen, wo die andere Hälfte geblieben sein sollte. Der Futtersack war durchlöchert wie ein Schweizer Käse und nirgendwo auch nur eine Spur vom Dieb. Also gab es an diesem Tag nur die halbe Ration zum Abendessen. Sehr schön, ich sollte sowieso ein wenig abnehmen. Auf diese Art und Weise hatte ich mir dies jedoch nicht vorgestellt. Am nächsten Tag begann das Spiel aufs Neue. Wieder hatte der Futtersack rundum Fingerdicke Löcher und die halbe Menge des Inhalts fehlte. Wieder machte sich unser Musher auf die Suche nach einer Spur. Fehlanzeige. Da muss ein Profi ran, dachte ich. Wenn es die nächsten Tage so weitergehen sollte, dann bleibt von uns nur noch Haut und Knochen. Wie sollen wir dann ein ordentliches Team bilden und einen schweren Schlitten ziehen können? Also musste etwas getan werden. Da niemand - außer mir natürlich - eine Idee hatte, legte ich mich zunächst einmal auf die Lauer, wollte die ganze Nacht wach bleiben und warten, ob ich den Dieb im Dunkeln entdecken konnte. Die ersten zwei Stunden waren überhaupt kein Problem. Auch die nächste halbe Stunde nicht unbedingt. Dann aber wurde es zunehmend schwieriger, die Augen offen zu halten. Es war so dunkel und so still um mich herum.

Ich legte mich auf den Bauch, meine Augen weit geöffnet, den Kopf nur kurz auf meinen Vorderpfoten abgelegt. Dann suchte ich mir eine andere Position. Diese war zu unbequem. Ich drehte mich auf die Seite, die rechte Pfote über das rechte Ohr, die Augen natürlich weit offen...... Vielleicht sollte ich mich doch lieber hinsetzen.....An die dritte Stunde kann ich mich nicht mehr erinnern. Laut schnarchend fiel ich einfach um und schlief den Schlaf des Gerechten. Die nächste Nacht sollte anders werden. Tagsüber versuchte ich so viel wie möglich zu schlafen, um mich nachts besser wachhalten zu können. Es klappte. Immer wenn meine Augen müde wurden, schaute ich mit weit geöffneten Augen in den Mond. Dann ging es mir besser. Da! Ich hörte ein Geräusch. Rzrzrzrz schrzschrzschrz schmatz, schmatz rzrzrzrz, schrzschrzschrz....Sofort stand ich auf allen viel Pfoten und starrte in die Dunkelheit. Sobald ich mich bewegte, war dieses Etwas verschwunden. Es raschelte und piepste, das war alles, was ich hören konnte. Wieso musste ich eigentlich diesen Job übernehmen? Warum bleiben nicht die anderen wach und versuchen diesen Dieb zu erwischen? Immer muss Willow die gefährlichen Aufgaben übernehmen. Wer weiß, vielleicht ist dieses Etwas gefährlich und beißt mich in die Pfote wie der Schneehase. Meinen Mut hatte ich schon oft genug bewiesen, warum also sollte ich meine Schutzengel erneut auf die Probe stellen? Diesmal klappt es vielleicht nicht so ganz, wie ich es mir vorstellte und dann können die anderen meine Reste aufsammeln und mich gebührend beerdigen. Halt! Hatte ich etwa Angst? Ich, der große Willow, der mehr Abenteuer erlebt hatte als Robinson Crusoe, der mehr Mut bewiesen hatte als Tabaluga und mehr Talent als Kimba, der weiße Löwe? Vor wem also sollte ich schon Angst haben? Na warte, du Dieb, wenn dich jemand zur Strecke bringt, dann ich. Jetzt musste eine Strategie her. Ein Plan, wie ich diesen Unhold auf frischer Tat ertappen könnte. Nach kurzen Überlegungen, einigen Änderungen an den Feinheiten und dem Abwägen der Nutz- und Gefahrenbereiche stand mein Plan fest.

Den ganzen nächsten Tag nutzte ich dazu, einen Köder zu bauen. Ich sammelte einige Reste meiner nicht gerade üppig ausfallenden

Tagesration an Futter und lagerte sie ganz in meiner Nähe. Aus Leinenresten zog ich feine Schnürchen heraus, verknotete die jeweiligen Enden so, dass es eine lange, dünne Fadenschnur ergab. Daran befestigte ich einen Teil des Futters und probierte diesen Köder glatt bei meinen Geschwistern aus. „Hier, Loucie, bekommst du einen Teil von meinem Futter" ,lockte ich sie und warf ihr den Köder zu, der fest mit der Schnur verbunden war. Kaum wollte sie reinbeißen, zog ich an dem anderen Ende und schwups - kam er zu mir zurück. „Hahahah, hahahahah, hahaha" ,ich konnte mich kaum erholen von meinem Lachanfall. Loucie fand es gar nicht so komisch „Komm her, du zotteliger, langohriger, vielfräßiger, schadenfreudiger Nichtsnutz, dann gibt's eins auf die Nase.....!!!" Na, die verstand ja wohl gar keinen Spaß. Wenn sie mal genau darüber nachgedacht hätte, welcher wichtigen Aufgabe ich mich stellte und den Ernst der Lage begriff, kein Ton wäre über ihre Lefzen gekommen.

Dann kam die Nacht der Nächte. Alles schlief, nur einer wachte. Ich natürlich. Den richtigen Zeitpunkt abgewartet, legte ich mich auf die Lauer und hielt meinen genialen Köder fest in der Hand. Dann hörte ich wieder dieses Geräusch. Rrrzz, schrzschrzschrz, schmatz, rrrzzz, rrrzzz, schrtzschrz, schrz, schmatz....Mein rechtes Auge war geschlossen, die Zungenspitze kam 1 Achtel zwischen meinen Zähnen zum Vorschein und so nahm ich den Futtersack ins Visier, um meinen Köder zielgerecht zu katapultieren. Eins, zwei, fffffft flog dieser durch die Luft, direkt neben unsere Futterdiebe. Ich spürte, wie die Schnur vibrierte. Der Dieb hatte angebissen. Kaum hatte er Appetit bekommen, zog ich den Köder ein ganz kleines bisschchen in meine Richtung und ließ ihn noch ein Stückchen davon kosten. Langsam konnte ich eine Silhouette erkennen, nein zwei. Es waren also zwei Diebe. Aber was für welche. Nein, jetzt waren es sogar drei, fünf , wieviele denn noch. Alle hingen fressgierig an meinem armen Köder, den ich weiterhin langsam zu mir herüberzog. Damit sie mich nicht gleich erkennen konnten, hatte ich mich geschickt unter dem

Schnee versteckt. Nur meine Nasenspitze und die Augen schauten aus einem Loch heraus.

Dann konnte ich sie besser erkennen. Je näher sie in meine Richtung kamen, desto besser sah ich ihre vier winzigen Füße, einen relativ langen Schwanz und eine schwarze Nase unter den dunklen

Knopfaugen. Es waren Mäuse!!! Eine ganze Kolonie Mäuse lebte von unserem kostbaren Futter!! Ich wollte gar nicht wissen, wie viele Mäusefamilien sich damit schon ernähren konnten. Ich musste sie erschrecken. Ich musste sie so sehr erschrecken, dass sie es nie, nie wieder wagen, sich an unseren Futterrationen zu beköstigen. Sollen sie sich doch ein anderes Restaurant suchen! Dieses hier war jedenfalls reserviert. Und zwar für uns Hunde. So, ich wartete einen passenden Augenblick ab, dann sprang ich wie ein wild gewordener Urang Utan aus meinem Versteck, brüllte so laut ich nur konnte und zeigte ihnen meine gefährlich großen Zähne. Es dauerte keine 5 Sekunden, da war diese Horde von Mitessern spurlos verschwunden, verschreckt bis an ihr Lebensende und so leider auch meine Kumpels, die plötzlich wie versteinert vor mir standen, stocksauer, weil ich sie aus ihrem Schlaf gerissen - äh - gebrüllt hatte. Das Problem wäre jedenfalls gelöst. Die restlichen Tage unseres Aufenthalts gab es wieder die volle Portion Hundefutter und manchmal bekam ich sogar noch einen Nach-schlag, für meine gute Tat.

Der Winter neigte sich langsam dem Ende zu. Obwohl wir jeden Tag hier oben genießen konnten freuten wir uns ein wenig auf zu Hause, unseren Zwinger und auf die Spielwiese. Vor allem auf die Vögel, die man prima jagen konnte, auf unsere tollen Hütten und natürlich auch auf das laaaaange Schlafen, denn nun folgte unsere wohlverdiente Trainingspause. Wieder zu Hause angekommen, liefen wir ab und zu vor einem Trainingswagen, damit wir nicht zu fett oder sogar faul wurden. Wir liefen dann äußerst langsam, wenn es dann richtig warm wurde, sogar gar nicht mehr. Wir wussten schon ganz genau, wann wir laufen wollten und wann nicht. Keine 10 Hasen hätten mich unter meiner Hütte herbeilockt, wenn die Temperatu-ren 18° C überschritten. Viel lieber döste ich dann in der Sonne und träumte von meinen unglaublichen Geschichten, die ich im Winter erlebt hatte.

Eigentlich könnte ich ein Buch schreiben und stinkreich werden, dachte ich dann. Mit dem vielen Geld würde ich als erstes, äh – tja, was würde ich denn....- ja, als erstes würde ich dem Elchkind einen Kompass schenken, dann müsste es nicht immer nach der Sonne schauen, die sich im Winter sowieso selten zeigt. Dann würde ich ein Verkehrsschild kaufen, auf dem ein Pfeil geradeaus zeigt. Dieses Schild würde ich dann vor die kleine Brücke stellen, damit alle anderen Schlittenhundegespanne genau wissen, wo es lang geht. Naja und mit dem Rest würde ich mir eine Mütze kaufen, mit jeweils einem Loch auf jeder Seite, wo meine Ohren rausschauen könnten. Aber wie sollte ein Hund bloß ein Buch schreiben können? Ich versuchte an etwas anderes zu denken.

Hund der Ringe

Wie schön ruhig es war. Alle anderen dösten in der Sonne, streckten ihre Bäuche in die Luft oder versuchten Fliegen zu fangen. Keine Mäuse, die einem das Futter stahlen, keine Hektik und kein Lärm. Das schien meiner Schwester Azura zu langweilig. Sie zog an meinem Schwanz, biss mir in die Ohren oder kläffte mich an. Ich hatte keine Lust zum Spielen, sollte sie doch jemand anderem auf die Nerven gehen. Das tat sie dann auch. Sie ärgerte meinen Bruder Smokey, der eigentlich genauso seine Ruhe haben wollte. Azura gab nicht auf. Sie sprang wie ein Geißbock in die Luft, drehte sich, rannte dreimal um alle Hütten herum, sprang auf sie hinauf und begann das ganze Spiel von vorn. Meine Eltern waren ziemlich sauer, irgendwann platzte meinem Vater der Kragen. Er brüllte laut los, biss ihr ins linke Ohr und schon war Ruhe. Absolute Ruhe. Azura versteckte sich diesmal in ihrer Hütte und wagte sich nicht mehr zu bewegen. Fast tat sie mir leid, aber dann hatte sie einen neuen Streich ausgeheckt. Hops, sprang sie aus der Hütte, lief zu meiner Schwester Loucie und nagte an ihrem Halsband. Loucie ließ sich nicht stören und blieb einfach liegen. Nach kurzer Zeit hatte sie das Halsband durchgebissen und schleppte es zwischen den Zähnen durch den gesamten Hundezwinger. Dann bekamen auch die anderen Lust zum Spielen. Als erster lief Smokey zu ihr herüber, versuchte ihr das Halsband abzunehmen. Loucie war sofort dabei und zog an der anderen Seite. Jetzt hatte jeder ein Stück ergattert, ich sah mir den ganzen Spaß von meinem Platz aus an. Dann konnte auch ich nicht länger still liegenbleiben. Ich gesellte mich zu ihnen und versuchte, den Ring zu erwischen, der an dem Band befestigt war. Es war ein ziemlich großer Ring. Als ich ihn hatte, warf ich ihn in die Luft und fing ihn mit den Zähnen wieder auf.

Jetzt kam richtig Leben in den Zwinger. Alle anderen waren bereits aufgestanden und versuchten auch ein Stück zu bekommen. Babba wollte mir den Ring abnehmen, also warf ich ihn wieder in die Luft. Nur diesmal war ich nicht geschickt genug um ihn auch wieder zu fangen. Babba hatte ihn gefangen, aber kaum hatte er ihn ,rannte er wie wild durch den Zwinger und schüttelte sich unentwegt. „Was ist los, wirf ihn wieder her..?!" wollte ich wissen, bekam aber keine Antwort. Babba blieb stehen, stemmte seine Schnauze zwischen beide Pfoten, die immer wieder versuchten etwas abzustreifen. Ich konnte erkennen, dass er diesen großen Ring zwar gefangen hatte, er sich aber so auf der Nase festgeklemmt hatte, dass er ihn nicht mehr herunter bekam. Das sah furchtbar lustig aus, aber Babba fand es gar nicht so witzig. Jetzt lag er auf dem Rücken und rieb sich mit beiden Pfoten die Nase. Der Ring steckte auf seinem Oberkiefer fest und wollte einfach nicht abgehen. „Nasenringe sind doch heute modern, ich weiß gar nicht, warum du dich so anstellst..!" ,lachte mein Vater. „Steck deine Nase in den Wassereimer, dann kriegst du ihn sicher leichter ab!" ,war die einzige Lösung, die mir einfiel. Es dauerte eine ganze Weile, aber es funktionierte. Er fiel - kling - in den Blecheimer. Babba wird mir in Zukunft alle Ringe der Welt überlassen, dessen war ich mir ganz sicher.

Azura hatte sich in letzter Zeit äußerst hochnäsig verhalten. Ständig hatte sie ihren Schwanz nach allen Vorgaben des guten Tons einge-rollt und die Schnauze zeigte nach oben. Den ganzen lieben langen Tag ging sie den anderen fürchterlich auf die Nerven und wunderte sich dann, warum sie geschubst, angekläfft oder sogar gebissen wur-de. Wehe aber, es gab einen Zeitpunkt an dem sie ihre Ruhe haben wollte, dann schlug sie mit allen verfügbaren Waffen zurück. Weiber können manchmal ganz schön zickig werden, dass hatte mir bereits mein Vater erklärt. Solange nach ihren Regeln gespielt wird, ist die Welt in Ordnung. Nur hatte sie es noch nicht mit mir aufgenommen, sie würde ihr blaues Wunder erleben. Ihr blitzeblaues Wunder!! Mit

Willow nimmt es so leicht keiner auf, erst recht kein zickiges Weib! Ständig putzte sie sich, versuchte die Schönste von allen zu sein. Sogar mit unserer Mutter legte sie sich an, als es um einen vergrabenen Knochen ging. So schnell konnte Azura gar nicht gucken, wie sie von Mutter ins Ohr gezwickt wurde, damit sie endlich einsah, wer das Sagen hatte. Und das war und ist immer noch Carmen, unsere Mutter!

Sie machte mir Sorgen als wir alle zusammen spielten, im Zwinger herumtobten und sie stets auf einer Stelle lag, ohne sich einen Zentimeter zu rühren. Wir dachten uns nichts weiter, wunderten uns dennoch über ihr eigenartiges Verhalten. Kam einer von uns in ihre unmittelbare Nähe, legte sie ihre Ohren an und fing tatsächlich an zu knurren. Sofort zogen wir uns zurück und spielten in einer anderen Ecke. Komisch fanden wir es schon. Was sollte das? Hatte sie Schmerzen? Konnte sie vielleicht nicht aufstehen? Oder sie hatte schlecht geschlafen und wollte ihre Ruhe.

Von Müdigkeit konnte allerdings keine Rede sein. Smokey war der Rambo unter uns allen. Ihn störte es nicht, wenn er mal ordentlich Ärger bekam. Jedenfalls ließ er es die anderen nicht spüren. In Wirklichkeit war er äußerst sensibel und weinte dann heimlich. Er war es aber dann, der sich getraute, sich Mutter direkt gegenüberzustellen um zu sehen, wie sie sich verhalten würde. Sie fletschte die Zähne und bellte ihn in die Flucht. Smokey zitterte am ganzen Leib, obwohl wir alle wußten, Mutter würde ihm niemals etwas zu Leide tun. Jetzt wurde es noch interessanter. Warum darf niemand an sie heran, was hatte sie zu verbergen? Es wurde richtig spannend. Azura drückte sich natürlich wieder in den Vordergrund und versuchte ihr Glück. „Warum bist du so böse auf uns, hast du etwa ein Geheimnis, das wir nicht wissen dürfen?" „Spiel mit den anderen und sei nicht immer so neugierig, Azura! Wenn es etwas gibt, was ihr wissen solltet, dann werde ich euch darüber informieren. Und jetzt geh!" „Was hat sie denn?" ,fragten wir Azura, als sie sich wieder zu uns gesellte. „Keine

Ahnung, jedenfalls hält sie irgend etwas unter ihren Pfoten versteckt. Ich konnte erkennen, dass sie immer wieder auf diese Stellen schaute, als wir miteinander sprachen. Sie hielt beide Pfoten fest auf dem Boden und bewegte sie keinen Zentimeter zur Seite. „Ich werde dieser Sache auf den Grund gehen. Mir wird sie es schon sagen!" Azuras Arroganz wurde immer auffälliger. Kaum hatte sie diesen Satz beendet, fing sie wieder an sich zu putzen. „Dir wird noch mal das Fell ausgehen, vor lauter Sauberkeit. Weißt du denn nicht, dass es nicht gesund ist, sich ständig zu putzen?" ‚wollte Loucie jetzt wissen. „Ich möchte schließlich nicht so aussehen wie du, hast du schon mal in den Spiegel geschaut? Ich glaube, dein Fell war mal weiß, vor langer, langer Zeit jedenfalls. Das kriegst du nie mehr sauber."

„Hört auf zu streiten, versucht lieber herauszufinden, wie wir Mutter dazu kriegen, uns ihr Geheimnis anzuvertrauen!" ‚schlug Smokey jetzt vor. „Ich wüßte, wie wir sie vielleicht von ihrem Platz weglocken können, um zu sehen, was unter ihren Pfoten vergraben liegt. Paßt auf, Loucie geht auf Position, so nahe wie möglich an Mutters Platz, alle anderen tun so, als wenn sie gehört hätten, dass unser Mensch in den Zwinger kommt, und ich klappere so laut es geht mit unseren Futternäpfen. Dann glaubt Mutter, es gäbe Abendessen und kommt zu uns gelaufen. In der Zwischenzeit kann Loucie anfangen zu graben und wir lenken Mutter ab, damit sie nichts davon merkt. Na, wie findet ihr das?" „Willow, du bist phantastisch, das machen wir!" Loucie tat so, als sei sie zufällig in Mutters Nähe geraten. Als wir dann mit dem Geschirr klapperten, sprang Mutter sofort auf und kam zu uns gelaufen. Wir streckten alle unsere Nasen durch das Gitter und taten so, als hätten wir jemanden gehört oder gesehen. Loucie gab uns ein Zeichen, dass sie etwas gefunden hatte.Wir liefen alle zu ihr rüber bevor Mutter überhaupt merkte, dass sie auf uns hereingefallen war. Sie knurrte und bellte, aber wir hatten das Fundstück bereits ausgegraben und reichten es von einem zum anderen. Sie hatte keine Chance es wieder zu bekommen. Es war ein lecker duftender Rinderhautknochen, ein Stück davon jedenfalls. Jeder riss sich noch ein gutes Stückchen davon ab und genoss es in vollen Zügen. Als es endlich wieder bei Mutter angekommen war, blieb nur noch ein winziges Teil davon übrig. Stocksauer verkroch sie sich damit in ihre Hütte und wurde den ganzen Tag nicht mehr gesehen.

Der Sommer war herrlich. Viele Stunden dösten wir in der Sonne und genossen die friedliche Stille. Aber je länger er dauerte, um so mehr freuten wir uns schon wieder auf den Winter, damit wir wieder mit dem Schlitten unterwegs sein konnten. Dieses unglaubliche Bedürfnis, laufen zu wollen, kann man kaum beschreiben. Es ist fast so, als dürfte man jahrelang keine Süßigkeiten essen und stünde nun vor einer riesen Schokoladentorte mit Sahnehäubchen und vielen bunten Smarties, Gummibärchen und Lakritze geschmückt. Dann taucht man ein in diese Torte, genießt dieses unbeschreibliche Glücksgefühl und wünscht sich, dass dieser Zustand für die nächsten Stunden anhält. Ja, ich glaube damit wäre dieses Phänomen gut beschrieben. Nun war später Sommer. Noch einige Zeit musste vergehen bis zum ersehnten Schnee und zu den tollen Schlittenfahrten. Das Laufen vor dem Wagen macht zwar auch großen Spaß, ist aber nicht vergleichbar mit dem Schneetraining in klirrender Kälte durch die Landschaft des hohen Nordens.

Wenn Schlittenhunde fliegen

Wir sind einfach dazu geboren uns diesen Anforderungen zu stellen, vor allem ich, der größte Schlittenhund der Welt!! Ja, das bin ich wirklich, wartet nur ab, bis ihr mein Abenteuer kennt, das ich im folgenden Winter erlebt habe.

Mutter wollte mit uns reden. Es schien wichtig zu sein, denn ihr Gesichtsausdruck war äußerst ernst, ihre Haltung sehr vorbildlich. Wie Schulkinder saßen wir ihr direkt gegenüber. Sie räusperte sich nachdem sie überprüft hatte, ob auch wirklich alle von uns anwesend waren oder sich jemand zum Schlafen in die Hütte verkrochen hatte. Alle waren da, also konnte sie uns ihre große Neuigkeit mitteilen. Wir waren gespannt wie Flitzebogen, konnten es kaum erwarten, was denn da auf uns zukommen sollte. Sicher etwas ganz Spannendes, sonst wäre sie schon längst damit rausgerückt. „Jetzt hört mir mal alle ganz genau zu, was ich euch zu sagen habe. Es wird in diesem Winter ein Ereignis geben, nach dem sich jeder Schlittenhund, den ich kenne, ganz bestimmt die Pfoten lecken würde. Ihr bekommt eine einmalige Chance und ich hoffe, dass ihr dies zu würdigen wisst. Es wird einzigartig, erlebnisreich, lehrreich, großartig und macht euch alle um eine ganz besondere Erfahrung reicher. Wir fliegen diesen Winter nach Alaska!!!!"

Wir konnten es kaum fassen. Ich, der große Willow, werde dieses Jahr in Alaska sein, wo alle großen Schlittenhunde zu Hause sind. Das Land der unbegrenzten Möglichkeiten, der riesigen Weiten und der eisigsten Kälte. Wir standen eine Weile da und versuchten diese Neuigkeit zu verdauen. Ich hatte tausend Fragen, endlich hatte ich mich gefaßt und stellte sie dann alle auf einmal: „Wo ist Alaska? Wie kommen wir dorthin? Werden wir alle zusammenbleiben? Wie lange dauert die Reise? Wann wird es losgehen? Wie lange werden wir dort bleiben? Wo werden wir wohnen? Was wird dort für eine Sprache gesprochen? Wie viele Schlittenhunde gibt es dort? ...."

Ich hörte gar nicht mehr auf zu fragen. Kaum hatte ich die eine Frage ausgesprochen, fiel mir bereits die nächste ein, es nahm kein Ende. Meine Mutter unterbrach meinen Redeschwall dann endlich und versuchte, mir die gröbsten Fragen zu beantworten: „Willow, beruhige dich erst einmal. Du wirst alles noch früh genug erfahren.

Wir werden erst im November aufbrechen, bis dorthin sind es noch zwei Monate, so lange wirst du dich noch gedulden müssen. Alaska liegt ganz im Norden von Amerika. Also wird dort auch englisch gesprochen. Es liegt circa zehntausend Kilometer weit entfernt und der große Atlantische Ozean trennt den Kontinent von unserem Europa. Das bedeutet, dass wir ein weiteres Erlebnis vor uns haben, nämlich das, mit einem Flugzeug fliegen zu dürfen. Wir werden ca. 9 Stunden unterwegs sein, also macht euch auf eine lange Reise gefasst. Am Flughafen gibt es sehr viele Menschen, ihr dürft keine Angst haben, dann wird schon alles gutgehen. Es gibt sehr viel Lärm, andere Flugzeuge werden dort landen und starten, viele Menschen werden hektisch von einem Ort zum anderen laufen. Ihr werdet in einer Hundetransportbox sitzen und öfter hin und her getragen wer-den, bevor wir endlich in das Flugzeug dürfen. Dort wird es eine Temperatur geben, die sehr angenehm für uns ist und wir können den Flug über schlafen. Ihr werdet schon sehen, es wird euch ge-fallen!" Uiuiuiuiuiuiuiuiuiui, Willow wird fliegen!!! In 10 Kilometer Höhe werde ich über den Wolken schweben, höher als jeder Vogel fliegen kann. Wenn ich das bloß dem Elchkind erzählen könnte, es wäre bestimmt überwältigt. Ich zählte genau die Nächte, die ich noch schlafen musste, bis es endlich losging. Fast jede Nacht träumte ich von dem großen Land, von dem ich schon so viel gehört hatte, wo es mehr Schlittenhunde als Menschen gibt und so viel Schnee, wie es in ganz Europa nie geben wird. Jetzt musste ich bloß noch 30 Nächte schlafen, dann war es soweit. Smokey wollte schon mal das

70

Überleben in der Kälte trainieren, also legte er sich jede Nacht auf einen Eiswürfel außerhalb seiner Hütte. Mann ist der blöd. Wenn er wenigstens zwei nehmen würde! Azura putzte sich immer häufiger. Sie hatte gehört, dass es in Alaska jede Menge alleinstehende Schlittenhunderüden gab, also wollte sie wie immer die Schönste sein, um vielleicht einen zu heiraten und ihr Leben dort verbringen zu können. Aber es braucht mehr, als nur schön zu sein. ICH hätte genau die Qualitäten, die man braucht um dort leben zu können. Ich bin stark, intelligent, groß, widerstandsfähig **und** schön! Ich bin halt Willow, damit ist sowieso alles gesagt. Jetzt musste ich bloß noch 10 Nächte schlafen, mir zitterten langsam die Knie. Was, wenn ich Platzangst in dieser Transportbox bekomme und doch lieber zu Hause bleiben will? Vielleicht passe ich auch gar nicht dort hinein und muss sowieso hierbleiben? Diese und noch ganz andere Gedanken purzelten mir im Kopf herum. Ich wurde mit jedem Tag unruhiger. Kein Wunder, wer kommt schon nach Alaska? Ob es dort Eisbären gibt? Und Pinguine? Wir werden sehen. Vier Tage bevor es losging konnte ich nichts mehr essen. Zwei Tage vorher konnte ich nicht mehr schlafen.

Ich werde so müde sein, dass ich von unserer großen Reise gar nichts mitbekomme, dachte ich bloß und versuchte doch noch ein paar Stunden zu schlafen.

Dann endlich sollte es losgehen. Wir nahmen eine Menge Gepäck mit. Halsbänder und Geschirre, Jäckchen, falls es uns doch zu kalt werden sollte, Booties und natürlich das ganze Zubehör zum Schlittenfahren. Natürlich durfte meine Kauzfeder nicht fehlen, die mir das Elchkind als Glücksbringer geschenkt hatte. Im Auto standen bereits unsere Transportboxen, in denen wir den Flug über schlafen konnten. So groß hatte ich sie mir gar nicht vorgestellt. Rundum waren Gitter angebracht, so dass wir genügend Luft bekamen und natürlich auch das rege Treiben am Flughafen beobachten konnten. Die Fahrt bis zum Flughafen konnte ich kaum stillsitzen bleiben. Ständig musste ich mich hin und herdrehen, schaute durch meine Gitterstäbe und quasselte mit den anderen. „Seid ihr auch so aufgeregt? Ich kann es kaum erwarten in Alaska anzukommen. Bin ja mal gespannt, ob es dort wirklich so schön ist, wie es alle erzählen. Ich habe gehört, dass sich ein Eiszapfen bildet, wenn man dort auf den Boden spuckt, könnt ihr euch das vorstellen?!" „Ja" ,sagte Smokey, „und wenn man atmet, dann geben die Indianer Rauchzeichen, weil sie denken, wir hätten sie etwas gefragt....!" „ In Alaska soll es ja auch so kalt werden, dass die Eskimos sich zur Begrüßung die Nasen aneinander reiben, sonst würden ihre Hände zusammenfrieren..." ,glaubte Loucie zu wissen. „Wir müssen auch aufpassen, dass wir die Grizzlybären nicht bei ihrem Winterschlaf stören, sonst können sie ganz schön böse werden. Und zu den Eisbären müssen wir ganz freundlich sein, sie sind nämlich die gefährlichsten Tiere der Welt. Sie sollen ganz weißes dickes Fell haben und enorm große Tatzen, mal sehen, ob wir einen dort treffen." „ Kinder, lasst uns erst einmal in Alaska ankommen, dann könnt ihr selber sehen, ob das alles wahr ist, was ihr zu wissen glaubt. Jetzt beruhigt euch erst einmal und schaut mal, was es am Flughafen alles zu sehen gibt" ,beendete Mutter unsere wichtige Unterhaltung. Wir näherten uns dem Flughafen und ich sah bloß ein riesengroßes Lichtermeer: gelbe, weiße aber auch grüne und rote Lichter. Autos und Lastwagen huschten an uns vorbei, große Hubwagen standen vor den Flugzeugen um sie mit Essen für die Passagiere zu versorgen. Die stellten sich unter die Türen und ließen wie ein Fahrstuhl ihre Ladung nach oben fahren. Dort angekommen, wurde das Fahrzeug entladen und es fuhr wieder eine Etage tiefer um weiterzufahren. Außerdem sah ich noch einen großen Tankwagen, der einen Schlauch unter den Tragflächen befestigte und das Flugzeug mit Kerosin versorgte. Beim Auto heißt es Benzin und man muss leider selber tanken. Da kommt niemand vorbei um es anzuliefern. Ach ja, dann gab es noch die fahrbaren Treppen. Die sahen vielleicht lustig aus. Fast wie eine Schnecke, nicht mit einem Haus, sondern mit einer Treppe auf dem Rücken. Diese wurden dann ebenfalls an die Türen gefahren und festgestellt, damit sie nicht wegrutschen konnten. Der Kapitän lief um das ganze Flugzeug herum und sah sich genau an, ob alles in Ordnung war, damit wir mit dieser Maschine nach Alaska fliegen konnten. Er schaute auf alle Reifen, ob sie noch genügend Profil hatten oder ob sich etwas darin verklemmt haben könnte, er kontrollierte alle Verschlüsse und Klappen damit sie richtig funktionierten. Dann prüfte er die riesengroßen Triebwerke. Es könnte ja sein, dass zum Beispiel ein Vogel sein Nest darin gebaut hat, weil es dort schön warm ist. Auch die Tragflächen wurden gründlich überprüft um zu sehen, ob es dort Risse gibt und ob sich vielleicht eine Schraube gelöst haben könnte. Es war alles in Ordnung. Das beruhigte uns gewaltig. Alle drei Minuten startete ein anderes Flugzeug mit großem Getöse. Um schneller in der Luft sein zu können, gaben sie bereits Gas, obwohl die Bremse noch angezogen war. Dann wurden die Bremsen ganz schnell gelöst und sie flitzten davon. Ein wunderbarer Anblick war es, die Flugzeuge starten und landen zu sehen. Jedes sah völlig anders aus. Es waren große und kleine Flugzeuge, mit zwei, drei oder sogar vier Triebwerken wie der Jumbo, der seine Passagiere in zwei Etagen unterbringen kann, so groß ist er. Es sah ein bisschen aus, als hätte er einen großen Pickel auf der Nase. Für die kleinen Flugzeuge gab es auch einen Spitznamen, wie zum Beispiel für die Boing 737, die nennt man „Bobby". Ich habe mich immer gewundert, warum so ein großes schweres Flugzeug überhaupt fliegen kann. Ein Vogel muss seine Flügel doch auf und ab bewegen, um richtig fliegen zu können, warum also kann es dann ein Flugzeug, bei dem sich die Tragflächen gar nicht bewegen? Ich habe mich dann - natürlich von unserer klugen Mutter - aufklären lassen. Um sich am Boden und in der Luft fortbewegen zu können, hat ein Flugzeug einen Propeller oder die Triebwerke. Diese haben einen gewaltigen Motor, der die Luft vorne ansaugt und hinten wieder ausspuckt. Dadurch gibt es diesen Schub, der das Flugzeug von der Stelle bewegt.

Die Tragflächen sollen es dann auch noch gerade in der Luft halten, damit wir nicht kreuz und quer herumgewirbelt werden. Die Piloten haben einen Computer, der ihnen genau sagen kann, wo sie sich befinden oder wo sie hinfliegen müssen. Die Räder - man nennt sie das Fahrwerk - werden nach dem Start eingeklappt, damit nicht so viel Kerosin verbraucht wird. Durch den Luftwiderstand würden wir ja sonst langsamer fliegen. Jede noch so kleine Klappe am Flugzeug muss daher richtig verschlossen sein, um die Luft schön gleichmä-ßig an der Maschine vorbeirauschen zu lassen. Ich hatte während der Fahrt zum Flughafen meine Nase aus dem Fenster gehalten. Dort habe ich dann erst einmal gemerkt, was Luftwiderstand ist. Ich dachte sie fliegt mir weg. Ich fand es ganz schön aufregend, am Flughafen zu sein. Auch hatte ich gar keine Angst vor dem Fliegen. Der Kapitän und der Copilot sahen äußerst vertrauenswürdig aus. Man konnte sie an den goldenen Streifen erkennen, die sie auf der Schulter ihrer Jacken hatten. Der Kapitän hatte 4 Streifen und der Copilot drei. Jeder hatte zwei Schultern: zwei mal drei Streifen und zwei mal vier macht zusammen... ööhh..... vierzehn!!! Das war 'ne Menge Vertrauen!!!

Wir befanden uns ja noch in unseren Boxen vor dem Flugzeug, aber durch die Fenster konnte ich erkennen, wie sich die Stewardessen für den langen Flug vorbereiten.

Sie legten Kissen und Decken auf die Sitze, damit es die Passagiere schön bequem haben. Dann wurde ordentlich aufgeräumt und schon konnten sie mit dem Einsteigen der Fluggäste beginnen. Jetzt waren auch wir an der Reihe. Wir kamen in den unteren Teil des Flugzeugs, wo auch teilweise das Gepäck untergebracht wurde. Etwas komisch war mir schon, als ich die vielen Koffer und Taschen sah. Bald war es aber schön dunkel um uns herum und wir konnten uns erst einmal ausruhen.

Dann kam der Start. Wir rollten zuerst auf die Startbahn, um von dort aus in die Luft zu gehen. Wir mussten noch eine Weile warten, bis wir an der Reihe waren. Einige Flugzeuge waren noch vor uns und es ging schön der Reihe nach. Nach einer kleinen Rechtskurve gab unser Kapitän dann richtig Gas und wir sausten über das Rollfeld. Wenige Sekunden später schon befanden wir uns in der Luft, es war ein unbeschreiblich schönes Gefühl. Es kitzelte richtig in meinem Bauch, ich konnte tatsächlich fliegen!!! Es gab einen lauten Rumps und das Fahrwerk wurde eingeklappt. Jetzt wurde es ruhiger. Einige Minuten lang war es noch ein wenig holperig, als wenn wir über eine Straße fahren würden, die kleine Löcher im Asphalt hatte, aber als wir erst einmal über den Wolken waren, flog das Flugzeug ganz geschmeidig durch die Luft. Ich konnte kaum noch unterscheiden, ob wir jetzt wirklich fliegen oder ob ich zu Hause in meiner Hütte liegen würde. Naja, durch die Motoren war es schon deutlich lauter, aber schön war es trotzdem.

Wir hatten eine Menge erlebt und warteten gespannt, was sonst noch kommen mochte. Aber es dauerte nicht lange, da war jeder von uns eingeschlafen. Erst als das Fahrwerk wieder ausgefahren wurde, um in Alaska landen zu können, wurden wir wieder wach. Den ganzen langen Flug hatten wir verschlafen, aber dafür hatten wir nun genügend Energie für weitere Abenteuer!

ALASKA

Es war gar nicht so kalt, wie wir erwartet hatten. Die Luft war sehr trocken und es gab keinen Wind. Als die Türen geöffnet wurden, sah ich nur Schnee, aber anderen Schnee als wie wir ihn sonst kannten. Es war Alaska - Schnee!! Der war viel weißer, viel tiefer, viel kälter als anderer Schnee. Mein Herz machte einen Hüpfer - wir waren endlich da!!! Die Menschen sprachen englisch und waren sehr freundlich.

Natürlich schauten alle zuerst in Azuras Box, war sie doch die Schönste von uns allen. Sagt sie jedenfalls. Wir wurden mit unseren Boxen auf einen Anhänger geladen, mit dem wir dann anschließend aus dem Flughafen nach draußen gebracht werden sollten. Wir mußten noch warten bis alle von uns ausgeladen waren. In der Zwischenzeit sah ich mir wieder das Flughafengetümmel an. Hier war es völlig anders als zu Hause in Deutschland. Viel kleiner, weniger Menschen und irgendwie viel ruhiger. Die Menschen rannten nicht so wild in der Gegend rum, wie sie es dort taten und machten auch sonst den Eindruck, als hätten sie mehr Spaß an ihrer Arbeit. Besonders die beiden, die gerade die Koffer öffneten. Moment mal - das waren ja unsere Koffer, ja - ich konnte ganz deutlich unsere Booties erkennen, da waren auch die Jäckchen und unsere Geschirre drin.

He - der Typ nahm sie an sich und schaute sich auch noch um, ob ihn niemand beobachtete. Ich musste etwas unternehmen. Azura stand mir in ihrer Box genau gegenüber. „Hey, Azura, versuche mit deiner Pfote durch die Gitterstäbe zu greifen, vielleicht kannst du so meine Türe öffnen." „Ich bin doch keine Krake, was glaubst du, wie lang meine Beine sind?"

„Jetzt schwatz nicht so lange herum, da sind zwei Gauner, die gerade versuchen, unsere Sachen zu klauen. Wir müssen etwas dagegen tun!

Also los, versuche meine Tür zu öffnen, dann sehen wir weiter." „Also gut, ich stecke jetzt die Pfote durch das Gitter..." Azura machte sich so lang wie sie nur konnte, streckte ihr Vorderbein aus, bis sie ihre Nase an der Türe plattdrückte. Dann schaffte sie es tatsächlich bis an mein Türschloß. „Bravo Azura" ‚flüsterte ich, „jetzt versuche noch den Riegel nach unten zu schieben. Aber wir müssen aufpassen , dass uns niemand dabei erwischt..!" Es klackte und das Schloß öffnete sich.

„Mensch, das war weltspitzenklasse, jetzt muss ich mir nur noch einen Plan ausdenken, wie wir diese Kerle in Schach halten können..!" „Ich weiß wie" ‚mischte sich Smokey ein, „wir springen alle gleichzeitig aus unserer Box und beißen ihnen ordentlich in die Waden...!!" „Die Idee konnte ja nur von dir kommen, wie willst du denn dann Hilfe holen?" wollte ich wissen. „Nein, ich habe eine bessere Idee, Azura macht sich schön und lenkt damit den ersten Gauner ab, ich denke dafür hat sie das meiste Talent. Smokey versucht so frech zu sein, wie er sonst auch ist, zeigt dem zweiten Gauner seine Zähne damit er uns nicht davonkommt. Ich renne so schnell es geht und hole Hilfe. Was haltet ihr davon?" „Wir haben keine Zeit, lange darüber nachzudenken, machen wir uns an die Arbeit..!" Azura hatte Recht. Ich streckte mich ganz lang und öffnete Smokeys Tür. Mit viel Mühe kam ich an seine Box, die mir schräg gegenüber stand. Dann ging alles blitzschnell. Gleichzeitig sprangen wir von dem Wagen herunter, ohne dass es jemand bemerkte. Azura stand schon augenzwinkernd und schwanzwedelnd vor dem ersten Gauner, als Smokey den zweiten erreichte und diesem so richtig Angst einjagte. Er traute sich keinen Meter zu bewegen und ich nutzte diese Zeit um das nächste Gebäude zu erreichen und Hilfe zu holen. Dem nächsten Menschen, der eine Uniform trug, stellte ich mich gegenüber und kläffte was das Zeug hielt. Immer wieder sprang ich einen Meter nach vorn, damit er endlich begriff, dass er mir folgen sollte. Er sah mich an, als hätte ich ein Elefantenkostüm an, machte aber nicht den Eindruck, als würde er verstehen, was ich von ihm wollte. Dann nahm ich sein Hosenbein zwischen die Zähne und zog ihn vorwärts. Jetzt endlich begann er zu begreifen. Ich rannte voraus und er folgte mir so schnell er konnte. Ständig musste ich warten, weil er nicht so schnell laufen konnte. Einmal stolperte er sogar über ein herumliegendes Kabel. Diese Menschen können so ungeschickt sein, dachte ich bloß und lief weiter. Als wir das Flugzeug wieder erreicht hatten, standen Smokey und Azura den beiden immer noch gegenüber. Der uniformierte Flughafenmensch holte sein Funkgerät und rief Verstärkung. In null komma nix kamen noch weitere uniformierte Flughafenmenschen und nahmen die beiden fest. In einem kleinen Wagen wurden sie zur Polizei gefahren und wir waren die Helden. Azura musste sich nach den Strapazen erst einmal putzen. Dann bekamen wir alle ein riesiges Wurstbrot, Hundefutter hatten sie leider nicht zur Verfügung, aber es schmeckte phantastisch. Wer hätte das gedacht, dass unser erster Flug nach Alaska einmal so enden würde.

Unser Musher wartete schon in einem großen Wagen vor dem Flughafen. Wir freuten uns sehr, ihn zu sehen und er freute sich erst recht. Wir bekamen etwas Wasser und viele Streicheleinheiten. Azura fing schon wieder an, ihre Pfoten zu lecken, Mutter wedelte mit dem Schwanz und der freche Smokey knabberte an seiner Box. Wir mussten noch eine Weile mit dem Auto fahren, dann waren wir an unserem Zielort angekommen. Jeder von uns kam an eine lange Kette, aber dafür hatten wir auch unsere eigenen Hütten, in die kein anderer sich legen konnte. Somit war sichergestellt, dass sich Smokey nicht in meine legt und sich Azura in aller Seelenruhe putzen kann, ohne dass plötzlich jemand vor der Hütte steht. Außerdem hatten wir genügend Auslauf, genügend Training vor dem Schlitten. Unser Musher wohnte in einer großen Holzhütte, ohne Kette. Als wir ankamen, waren die Fensterscheiben in dieser Hütte von innen zugefroren, so kalt war es. Erst einmal wurde Holz geholt und der Ofen angeheizt. Diese Menschen haben Probleme. Wir Hunde freuten uns darüber, dass es so kalt war. Unser dickes Fell kam jetzt wenigstens mal zum Einsatz. Das Feuer brannte nach einer Weile so gut, dass wir den Rauch aus dem Schornstein sehen konnten. Es war ziemlich windstill und er legte für kurze Zeit den Vollmond in den Schatten. Unsere Ketten waren so lang, dass wir uns gerade noch beschnuppern konnten. Also sagte ich den anderen noch gute Nacht und verkroch mich in meiner Hütte.

Es stellte sich heraus, dass wir sehr nette Nachbarn hatten. Es gab auch ein Menschenkind, es hieß Jonny. Er kam uns besuchen, rannte von einem Hund zum anderen, setzte sich auf unsere Hütten und wir sprangen hinterher. Ich fand ihn lustig, er hatte so ein freundliches Gesicht und blaue Augen. Mir fiel auf, dass er sehr klein war für sein Alter und keine Haare hatte, aber es sollte uns nicht weiter stören. Jonny fragte, ob er öfter einmal vorbeikommen durfte.

Ab diesem Zeitpunkt kam er jeden Tag. Wir hörten ihn schon von weitem kommen und sprangen auf die Hütten, um ihn besser sehen zu können. Kam er dann um die Ecke gelaufen, streckten wir unsere Nasen in die Luft und gaben ihm ein kleines Heulkonzert. Wenn er es hörte, lachte er jedesmal laut, lief noch schneller zu uns und spielte dann eine kleine Ewigkeit in unserer Mitte.

Einmal kroch er sogar in meine Hütte, und wollte ernsthaft von mir gesucht werden. Es war so, als sollte ich ein Segelboot in meiner Badewanne suchen, aber ich wollte ihm nicht den Spaß verderben, kroch ebenfalls in die Hütte und fing an ihn zu suchen. Zu zweit hatten wir kaum Platz, ich mußte meine Hinterfüße und meinen Schwanz draußen lassen. Jetzt versuchte Jonny auch noch, vor mir aus der Hütte herauszukommen, streckte beide Arme aus der Öffnung und lachte sich schwindelig. Wir steckten beide fest. Ich hatte ihn ja nun in meiner Gewalt, also nutzte ich diese Situation schamlos aus und zwickte ihn in den Hintern. Die anderen warteten schon draußen auf ihn, Jonny lief zu Smokeys Hütte nachdem er sich befreien konnte und das Spiel begann von neuem. „Hey, seht mal" ,sagte er, „da steht euer Schlitten. Ich gehe in das Haus und frage euren Musher ob wir nicht eine Schlittentour unternehmen. Ich kann mich ja dann in den Schlittensack setzen und ihr zieht mich, o.k.?" Na klar dachte ich, tun wir doch gerne. Wir zogen unsere Geschirre an und schon konnte es losgehen. Der Himmel war klar, keine Wolken zu sehen, jetzt müssten wir bloß noch wissen, wo es langgeht, aber das wird unser Musher schon wissen. Hoffte ich jedenfalls. Jonny machte es sich im Schlittensack bequem. Zuerst ging es über einen schmalen Pfad durch den Wald. Der Schnee war noch sehr tief, auch versuchten wir sehr vorsichtig zu fahren, damit Jonny nichts passieren konnte. Es hatte sich eine wunderbare Freundschaft entwickelt, wir hatten alle das Gefühl, auf ihn aufpassen zu müssen. Er lachte laut vor Begeisterung, freute sich über jeden kleinen Hügel, der den Schlitten zum Hüpfen brachte. So viel Spaß hatten wir schon lange nicht mehr. Der Tag wurde zum Erlebnis. Völlig müde kamen wir nach einer langen Tour wieder zu Hause an. Jonny ging nach Hause und erzählte seinen Eltern, was er alles erlebt hatte.

Die Landschaft in Alaska war atemberaubend. Diese Weiten, diese menschenleeren Wälder! Stundenlang konnten wir Touren unternehmen ohne ein menschliches Wesen zu treffen. Keine Autos weit und breit, keine Schranken oder Zäune und vor allem keine Schilder, die irgend etwas verbieten. Einfach nur reine Schönheit der Natur.

Fellpflege

Jonny kam uns wieder mal besuchen, diesmal brachte er eine große Bürste mit. „Eine Bürste! Wem will er denn damit das Fell abziehen?" „Sicher dir, Azura, du machst den Eindruck, als bräuchtest du eine neue Frisur!" ,klang es von allen Seiten. „Ha,ha,ha, macht euch nur lustig über mich, ihr seid doch bloß neidisch auf mein glänzendes Fell!" „Wir sind Schlittenhunde und keine Yorkshire Terrier, die einen Preis gewinnen möchten! Dein Pony ist sowieso viel zu kurz, als dass man ein rotes Schleifchen binden könnte, hihihi.." Smokey konnte so gemein sein. Aber irgendwie hatte er recht. Jonny wedelte mit seiner Bürste hin und her bis er sich einen von uns herausgesucht hatte, dem er das Fell kämmen konnte. Ich. Ausgerechnet ich. Das tut doch bestimmt ganz doll weh, dachte ich bloß. Nachher sehe ich aus wie ein nacktes Wildschwein. Oje, jetzt kam er näher. Schnell verkroch ich mich ganz hinten in meine Hütte und versuchte nicht einmal zu atmen. Ich hatte keine Chance. Jonny war klein genug, dass er mir halbwegs in die Hütte folgen konnte und mich mit seiner Bürste bearbeitete. „Jaja, schon gut, ich komme ja schon raus" ,murmelte ich. Vor der Hütte klemmte er mich zwischen seine Beine, kämmte meinen Rücken und meinen Hals, dann kam der Bauch dran. Ich muss gestehen, dass es sich äußerst angenehm anfühlte, besonders am Bauch hätte er ruhig noch ein wenig weitermachen können.

Jonny war es ein reines Vergnügen, mein stumpfes Fell zu bearbeiten. An den schwierigen Stellen bürstete er gegen den Strich, um die Knoten zu lösen. Ich lag auf dem Rücken, den Kopf weit nach hinten gestreckt und die Beine in der Luft. Kaum war eine Viertelstunde vorüber, wollte er doch tatsächlich nicht mehr weitermachen. „Es gibt auch noch andere Hunde, Willow, außerdem bist du jetzt schön genug!" ,sagte Jonny zu mir. Bis alle anderen gebürstet waren, war ich schon fast wieder schmutzig, ich wälzte mich im Dreck, damit er doch noch einmal zu mir kommen musste, um mich zu bürsten. „Willow, du bist ein schlauer Fuchs. Glaubst du, ich falle auf deinen Trick herein? Also gut, wenn es dir so gefällt, dann bürste ich halt noch ein wenig weiter." Jonny wusste gar nicht, wie mir seine Worte schmeichelten. Ich schloss meine Augen und genoss es göttlich, mein Fell von der Bürste bearbeiten zu lassen.

„Sag'mal Willow, was hast du eigentlich da in deiner Hütte versteckt? Ich sehe da etwas liegen, es sieht aus wie eine Feder!" Jonny beugte sich tief runter und schaute durch die Öffnung meiner Schlafstätte. „Grrrrrr,grrrrr..." ,knurrte ich ihn an, damit er sie schön an ihrem Platz liegen ließ. Pustekuchen. Es störte ihn kein bisschen, dass ich ihm meine Zähne gezeigt hatte. Ruckizucki hatte er sie aus der Hütte geholt und sah sie sich genau an. „Ich will sie dir doch nicht abnehmen, Willow. Sag mir bloß, wozu du sie brauchst, dann lege ich sie wieder zurück an ihren Platz." Vorsichtig nahm ich sie zwischen meine Zähne und legte meine Pfote darauf. Mit meiner Nase strich ich sie schön glatt und sah Jonny dabei an. „Ach so, ich verstehe, sie soll dir also Glück bringen. Schau mal, Willow, ich habe auch einen Glücksbringer!" Er zog einen kleinen getrockneten Zapfen aus seiner Tasche, der von einer Waldkiefer stammte.. „Diesen Zapfen habe ich von meinem Vater bekommen, kurz bevor er sterben musste. Weißt du, ich war noch sehr klein und mein Vater viel zu jung zum Sterben. Kein Arzt der Welt konnte ihn heilen, obwohl ich ihn so sehr geliebt habe. An dem Tag, als er starb, rief er mich zu sich. Er gab mir diesen Zapfen und sagte: „ Wenn du der Natur etwas nimmst, gib ihr auch etwas zurück. Im Inneren des Zapfens verbirgt sich ein kleiner Samen, setzt ihn an eine Stelle, die dir lieb ist. Mit der Zeit wird eine kleine Waldkiefer heranwachsen, ein Lebensraum für Vögel und auch andere Tiere. Den Zapfen behältst du als Glücksbringer, vergiß nicht, ich werde immer bei dir sein...!!" Kurze Zeit nachdem er diese Worte gesprochen hatte, schloss er seine Augen und öffnete sie nie wieder. Ich holte den Samen aus dem Zapfen heraus, pflanzte ihn dort hin, wo du den kleinen Sprössling sehen kannst." Jonny zeigte auf eine Stelle nicht weit von uns entfernt und ich konnte einen kleinen Halm sehen, der aus der Erde ragte. Es tat mir so leid, dass sein Vater gestorben war. Ich legte ihm meine Pfote auf die Schulter und fuhr ihm mit meiner feuchten Zunge übers Gesicht. „Bäh, Willow, ich habe mich doch heute schon gewaschen!!" Ich wurde auch zweimal gebürstet....

Ab und zu ging ich mit Jonny alleine im Wald spazieren. Er zeigte mir, wie man auf Bäume kletterte und von dort einen Hund mit Schnee begraben konnte, wie man einen Elchruf nachahmte oder Schneespuren folgte bis sie irgendwo endeten. Für einen kleinen Jungen war er ungeheuer flink.

Ich habe noch nie einen Menschen gesehen, der so schnell durch tiefen Schnee laufen oder auf einer einfachen Plastiktüte sitzend einen Hang heruntergleiten konnte. Er versteckte sich hinter einem Baum und ich musste ihn suchen. War ja auch eine Kleinigkeit in einem

Wald mit Millionen von Bäumen. So gut konnte sich aber keiner verstecken, dass ihn meine sensible Spürnase nicht auffinden würde. Natürlich lief ich zuerst in die falsche Richtung, als würde ich es nicht wissen, dass er hinter der fünften Birke neben dem Weg stand. War ich dann in seiner Nähe, sprang er mit einem lauten Schrei hervor, als könne er mich erschrecken. Ich zuckte - hast du mich erschreckt - zusammen und Jonny freute sich des Lebens. Die anderen Hunde waren schon ganz neidisch auf mich, aber es schien so, als hätte er mich in sein Herz geschlossen. Ist ja auch eigentlich kein Wunder, wo ich doch so gut aussehe und geistig ein völlig anderes Niveau besitze. Naja, auf jeden Fall waren sie trotzdem neidisch. Was sollte ich machen? Etwa so tun, als hätte ich Bauchschmerzen, damit sich Jonny jemand anderes aussucht, mit dem er spielen konnte? Nö. Mir machte es schließlich auch Spaß. Er nahm mich nicht einmal mehr an die Leine.

Ich wäre ja auch schön blöd gewesen, ihm davonzulaufen, hatte ich doch so ein schönes Leben. Außerdem, wo sollte ich auch hin? Bald holte er mich täglich ab, um mit mir den Wald unsicher zu machen. Ich bemerkte jedoch, dass er sich mit der Zeit ein wenig veränderte. Ich weiß nicht, wie ich es beschreiben soll, aber irgendwie schien er mir müde. Jonny rannte nicht mehr so schnell, wie er es Wochen zuvor noch getan hatte und auch hatte ich das Gefühl, dass sich seine Gesichtsfarbe veränderte. Blass war er geworden, blass und dünn. Die Veränderungen vollzogen sich mit jedem Tag schneller. Einmal musste er sich sogar hinsetzen und eine Pause einlegen. Ich setzte mich zu ihm und sah ihn mit großen braunen Augen an. „Sprich mit mir", dachte ich. Dann fing er an zu reden, als hätte er mich genau verstanden.

„Willow, ich glaube der Zeitpunkt ist gekommen, an dem ich dir etwas ganz Trauriges sagen muss. Ich weiß gar nicht, wie ich es dir erklären soll, ich kann es kaum selber verstehen." Jonny's Augen füllten sich mit dicken Kullertränen und er mußte tief Luft holen um weitersprechen zu können. „ Als mein Vater damals starb, vermachte er mir leider nicht bloß den Zapfen als Hinterlassenschaft. Ich versuche schon seit langer Zeit damit zurechtzukommen, es schien mir auch eine Zeit lang zu gelingen, aber jetzt ist meine Kraft fast zu Ende. Willow, auch ich habe Krebs!" Jetzt fing er laut an zu weinen. Jonny vergrub sein Gesicht in den Händen, setzte sich in den Schnee, ich konnte ihn kaum wiedererkennen. Ich legte meinen Kopf in den Nacken und heulte tief in den Wald hinein, so dass es jeder hören konnte. Wie ungerecht das Leben nur sein kann, dachte ich. Jonny ist der lebenslustigste Junge, den ich je kennengelernt habe. Er steckt so voller Energie, voller Ehrgeiz und Zukunftsplänen. Er liebt die Natur, die Menschen und alle Tiere. Er hat doch noch so viel vor sich, wie kann ihm bloß so etwas angetan werden. Jonny war bereits in mehreren Kliniken, hatte eine Chemotherapie hinter sich und auch noch viele andere kraftraubende Maßnahmen, um seinen Krebs zu besiegen. Es hatte viele Hoffnungen gegeben, immer wieder hatte sich sein kleiner Körper erholt, doch war er endlich über den Berg, holte ihn ein neuer Schub zurück in die Wirklichkeit. Es gab kaum noch eine Heilungschance. Das einzige was ihm jetzt noch blieb, war, aus seinem Leben das Beste herauszuholen. Jonnys liebste Beschäftigung war es, sich mit uns zu vergnügen, mit mir einen großen Spaziergang zu machen und Streiche zu spielen. Also gab es für mich nur eins: zuerst kuschelte ich mich an ihn, ließ mich streicheln, strich ihm mit der Pfote über den Kopf, versuchte, ihn einfach ein wenig zu trösten. Dann sprang ich auf und duckte mich. „Komm, Jonny, versuche mich zu fangen" und schon rannte ich durch den tiefen Schnee im Zickzack zwischen den Bäumen durch und wieder zurück. Das traurige Gesicht verschwand nach einer Weile. Kaum zu glauben, was für ein tapferer kleiner Junge er doch war.

Die Tage strichen ins Land, als sich die Nachricht verbreitete, dass ein Schlittenhunderennen stattfinden werde. „Habt ihr gehört, sicher werden wir auch daran teilnehmen!!" rief Mutter als erstes. „Na, denen werden wir es zeigen, nicht wahr?" „Na logisch, ich muss mir bloß noch das Fell putzen, dann kann es losgehen!" Na, wer das wohl gesagt haben konnte ?

Das Wetter spielte sehr gut mit. Während der Vorbereitungszeit war es kalt genug, die Sonne zeigte sich auch einige Male. Elf Kilometer lang sollte die Strecke sein, auf der wir unsere Schnelligkeit unter Beweis stellen konnten. „Na, das schaffen wir doch mit links", dachte ich. Dann war der Tag gekommen, an dem es losgehen sollte. Ich traute meinen Augen nicht. So viele Menschen hatte ich noch nie gesehen, ich wusste gar nicht, dass Alaska überhaupt so viele Einwohner hatte. Riesige Musikboxen standen vor dem Startbereich, das war ganz schön laut für unsere zarten Hundeöhrchen. Hunde gab es hier noch viel mehr, hier hat wohl ein Bus gehalten? Wir hatten die Startnummer 14. Das wird unsere Glückszahl. Zumal ich ja auch noch meine Feder am Halsband befestigt hatte, für den Fall der Fälle. Ich küsste sie noch kurz vor dem Start, dann dürfte nichts mehr schiefgehen. Durch die Lautsprecher hörte man eine laute männliche Stimme, die unser Team für den Start ansagte. Ich lief an zweiter Stelle, meine Eltern beide vor mir. Jetzt waren wir nicht mehr zu stoppen. Unsere Zungen hingen weit aus dem Mund und wir zerrten an der Zugleine, damit es endlich losgehen konnte. DREI - ZWEI - EINS - LOS!!!!!!!!!!

Wuupp - auf ging's mit dem schnellsten Schlittenhundeteam der Welt.

Schon in der ersten Kurve sollte ich feststellen, dass wir vielleicht das Schnellste, aber doch nicht das geschickteste Team sein sollten. Wir nahmen diese Kurve leider etwas zu eng, der Schlitten flog in einem hohen Bogen über einen Schneehügel, der Anker verdrehte sich um die Schlittenkufen, aber wir liefen weiter. Ich drehte mich kurz um und sah unseren Musher in einem riesigen Schneeball stecken, seine Füße ragten in die Luft und der Schlitten lag auf dem Kopf. Noch immer klammerten sich seine Hände fest um den Griff. In dieser Lage rannten wir noch viele Meter weiter, bis sich der Musher endlich fangen konnte und sich der Schlitten wieder in die richtige Lage drehte. Jetzt stand unser er wieder aufrecht. Er hatte sich zwar optisch ein wenig verändert, aber glücklicherweise war ihm nichts geschehen. Wir Hunde störten uns nicht weiter an diesem kleinen Zwischenfall, liefen weiter, so schnell wir nur konnten. Schon bald hatten wir das Team vor uns eingeholt.

Jetzt erst recht, dachten wir, euch kriegen wir schon. Wir legten noch einen Zahn zu und es dauerte nicht lange, bis wir das Ende des Schlittengespanns erreichten. Sie blieben kurz stehen, um uns vorbeifahren zu lassen. Kurze Zeit später sahen wir hinter uns bloß noch einen kleinen Punkt in der Ferne, so sehr hatten wir uns bereits von ihnen distanziert. Bald hatten wir das Ziel erreicht, man konnte bereits die Lautsprecher hören, auch war die Menschenmenge im Zielbereich kaum zu übersehen. Jetzt noch einige Meter und wir hatten es geschafft. Noch einmal nahmen wir unsere ganze Kraft zusammen und rannten was das Zeug hielt. Es war ein irrsinniges Gefühl, von der Menge empfangen zu werden. Nur wenige Teams hatten vor uns die Ziellinie überquert. Die ersten drei konnten sich später die schönen Pokale abholen. Wir waren einfach nur froh darüber, ohne eine Verletzung angekommen zu sein.

Ein guter Freund muß gehen

Müde, aber glücklich, kehrten wir zu unserem Lager zurück und ruhten uns erst einmal aus. Wir hatten tatsächlich einen guten Platz erreicht, konnten also durchaus zufrieden sein. Tja, wenn man schlittenfahren könnte, wären wir sicher noch schneller ins Ziel gekommen.....Wir Hunde haben uns jedenfalls nichts vorzuwerfen. Jetzt aber ab nach Hause, Jonny wartete schon auf mich .

Das tat er. Nur leider konnte er sein Haus nicht verlassen. Zu sehr hatte die Krankheit an seinem kleinen Körper gezehrt. Jetzt lag er in seinem Bett und fragte, ob ich ihn besuchten könnte. Ich putzte mir ordentlich die Pfoten ab und ging in sein Haus. Er sah völlig anders aus. Sein Gesicht war eingefallen und blass. Er konnte sich nicht einmal mehr aufrichten, so sehr hatte ihn die Kraft verlassen. Ich setzte mich leise vor das Bett und legte meine Pfote auf seine Hand. Jetzt öffnete er die Augen und ein kleines Lächeln zeigte sich. „Schön, dass du da bist, Willow .....ich hatte mich schon auf dich gefreut, ...wie ist euer Rennen gelaufen? Ich weiß schon, es macht dir gar keinen Spaß und .....und du möchtest lieber Postbote werden! Das war ein Scherz, natürlich bist du der beste Schlittenhund der Welt,...... ihr hattet sicher einen großen Erfolg!" Dann legte Jonny eine kurze Pause ein, das Reden strengte ihn ziemlich an.

Ich blieb die ganze Nacht bei ihm. Er ließ mich sogar in seinem Bett schlafen, natürlich am Fußende. Naja, eigentlich belegte ich den meisten Platz. Aber das schien ihn nicht zu stören. Ich fand es ganz schön warm in diesem Haus, aber Jonny brauchte die Wärme. Den nächsten Tag sprach er nicht viel. Wir sahen uns an und er kraulte mich hinter den Ohren. Ich wollte ihn nicht verlieren, wir waren doch gerade erst Freunde geworden. Er hatte es wirklich nicht verdient, jetzt schon in den Himmel zu kommen. Wirklich nicht.

Alles ging sehr schnell. Zu schnell. Jonny hatte gerade noch genügend Kraft, die Augen offen zu halten, trotzdem versuchte er noch, mir etwas mitzuteilen. Er griff mit seiner rechten Hand unter das Kopfkissen. Dann zog er den Zapfen hervor, hielt ihn mir entgegen. „Nimm, Willow, mir hat er leider kein Glück gebracht ....und dort wo ich hingehe, brauche ich ihn nicht mehr............... Bitte verliere ihn nicht, er soll dich immer beschützen." Ich nahm den Zapfen zwischen die Zähne und legte ihn vorsichtig auf den Boden. Ich konnte nicht glauben, dass er ihn mir geschenkt hatte. Jetzt wurde es ernst. Nur noch leise konnte ich Jonny flüstern hören, verstehen konnte ich ihn nicht mehr. Seine Augen waren schon geschlossen, dann schlief er ein.

Er ging in ein Land, in dem es viele Bäume gab, auf die er klettern konnte, viel Schnee und viele Schlittenhunde. Dort wird er keine Schmerzen mehr haben. Und mich läßt er zurück! Ich sprang auf seinen Bauch und schleckte ihm die Wangen. Das konnte doch nicht wahr sein, dass er so einfach wegging. So gerne hätte ich mit ihm das nächste Rennen gemacht, wir hätten jede Menge Preise gewinnen können. Sein Atem wurde immer leiser, dann verstummte er völlig. Ich spürte eine Träne an meinen Lefzen, eine große liebevolle Träne, die meine Blicke verschwimmen ließ. Kaum konnte ich Jonnys zierliches Gesicht noch erkennen, ich kuschelte mich eng an seinen Hals, spürte, wie das Leben aus seinem kleinen Körper entwich. Jetzt konnte auch ein großer Willow nichts mehr ausrichten. Ich war vollkommen machtlos. Eine unbeschreibliche Traurigkeit überkam mich, dann heulte ich so laut und eindringlich, dass die ganze Welt hören konnte, wie ungerecht das Leben manchmal sein konnte.

Ich weiß nicht mehr, wie lange ich noch bei Jonny auf dem Bett lag, wie lange ich heulte oder wie lange es schon her ist, seit ich mit ihm in den Wäldern herumtoben durfte. Ich weiß nur, dass ich ihn niemals vergessen werde.

In meiner Hütte versteckte ich nun einen kleinen Schatz. Die Feder und den Zapfen, so viel Glück kann ich doch gar nicht brauchen, oder? Jeder, der sich meinem Schatz näherte, wurde mit einem lauten Knurren verscheucht oder ich zeigte meine blitzeweißen Zähne. Spätestens dann suchten sie das Weite.

Unser Aufenthalt in Alaska wurde durch Jonny ein unvergeßlicher. Lange Zeit nachdem er gegangen war, hatte ich keine Freude mehr an den Dingen des Tages. Vor dem Schlitten lief ich lustlos meine Touren, träumte vor mich hin und achtete nicht darauf, was um mich herum geschah. „Die Zeit heilt alle Wunden, Willow. Sei traurig, solange du es für richtig hältst!" sagte meine Mutter. Und wie immer hatte sie recht. Nach vielen Tränen und schlaflosen Nächten hatte ich meine Trauer überwunden und spielte wieder mit meinen Geschwistern. Jetzt hörte ich auch wieder das Rauschen vom Wind und die Flugzeuge, die ab und zu über unsere Hundehütten flogen. Bald würden wir auch wieder an Bord eines Flugzeuges sitzen und nach Hause fliegen.

Als es soweit war, merkte ich wieder dieses Kribbeln im Bauch. Irgendwie wurde ich immer nervös, wenn ich daran dachte, wie das Flugzeug mit 300 km/h von der Startbahn abhebt und mit einer Geschwindigkeit von 900 km/h durch die Luft braust. Zehntausend Kilometer nach Hause, über einen riesengroßen Teich. Es ist ein wunderbares Gefühl, auf die Wolken herabzusehen in dieses Meer von Wattebäuschen. Am Liebsten würde man sich dort hineinlegen und eine ordentliche Kissenschlacht machen!

Zu Hause nahm das Leben seinen gewohnten Lauf. Der Frühling kündigte sich an, die Vögel kamen aus dem Süden zurück und saßen zwitschernd in den Bäumen ohne Rücksicht auf unser Nickerchen. Wir aalten uns auf den Hütten, ließen uns die Sonne auf den Bauch scheinen. Papa schnarchte so laut, dass er sogar selbst davon aufwachte und rücklings von der Hütte fiel. Wir lachten und legten uns wieder hin.

„So, Zeit für ein Abenteuer, genug gefaulenzt!" ‚dachte ich. Mir fiel bloß nichts Aufregendes ein. Dann hatte ich eine Idee. „Pssst, Smokey" ‚flüsterte ich, „was hältst du davon, wenn wir heute nacht ausbüchsen und einen kleinen Spaziergang machen? Wir können ja mal sehen, was die Hunde in der Nachbarschaft so treiben, vielleicht können wir uns ja mit ihnen anfreunden!" „Und wie bitteschön willst du das anstellen, wie sollen wir denn rauskommen, ohne dass die anderen etwas bemerken?" „ Ganz einfach, wir stellen uns krank!" „Was meinst du damit, wir stellen uns krank?" ‚wollte Smokey wissen. „Paß auf, wenn es heute abend Futter gibt, dann rührst du keinen Happen davon an, hast du verstanden?" „Bist du verrückt, ich liebe Futter!!" „Jadoch, aber wir werden da draußen noch genügend finden. Jetzt hör′ doch erst einmal zu, wie es weitergehen soll! Also, unser Herrchen wird sich sicher Sorgen machen, ob mit uns alles in Ordnung ist. Damit er sicher sein kann, dass es uns ganz hundsbitterelend geht....." „Aber ich fühle mich prächtig..!" „Aber du sollst doch bloß so tun als ob, Smokey. Wenn unser Herrchen also glaubt, es ginge uns nicht gut, nimmt er uns mit ins Haus. Auf mein Kommando müssen wir dann später beide dringend pinkeln, er läßt uns raus - und - simsalabim gehen wir auf Tour. Na, bist du dabei?"

„Das wird aber ein langes Pinkeln, wenn wir die ganze Nacht unterwegs sind!" „Na und, dann hast du eben eine Blasenschwäche und ich leiste dir Gesellschaft...!" „Gut, machen wir, mal sehen ob es funktioniert!" „Hey, du sprichst hier mit dem großen Willow und ich sage dir: es funktioniert!! Du musst nur richtig schön krank aussehen, dann ist alles in Butter!" Die Zeit zum Abendessen rückte immer näher. Ich konnte es kaum abwarten. Ich hörte die Tür zur Futterküche, bald würde unser Herrchen mit den Näpfen klappern und jedem von uns seine Portion zuteilen. Schnell rieb ich mir noch die Augen, damit sie schön rot aussahen, ließ meine Ohren so weit es nur ging nach unten hängen und machte einen traurigen, kranken Gesichtsausdruck. Ich musste ein wenig lachen, als ich zu Smokey herübersah. Er musste es natürlich wieder mal tierisch übertreiben. Er legte sich auf den Rücken, streckte die Pfoten in die Luft und ließ seine Zunge aus dem Maul hängen. Er schnaufte ganz laut, rollte die Augen und als Höhepunkt wimmerte er jämmerlich, als wäre er bald tot. Na, wenn dass nicht klappen soll, dann weiß ich wirklich nicht mehr weiter. Es klappte. Ruckzuck waren wir im Wohnzimmer vor dem Fernseher, wurden ausgiebig gestreichelt und untersucht.

Unser Mensch wunderte sich nur, daß er partout nichts feststellen konnte, ließ uns aber trotzdem die Nacht über im Haus. Dachte er. Wir mussten schließlich noch mal pinkeln. Flugs ging die Tür auf und weg waren wir. Der Duft der Freiheit wehte um unsere Nasen. Wir liefen zuerst um die Häuser, schnupperten an jeder Straßenlaterne, markierten hier und da einige Stellen, die es dringend nötig hatten. Wir kamen an einem Hoftor vorbei, hinter dem ein großer Rottweiler Wache hielt. Als er uns kommen hörte, fletschte er die Zähne, streckte seinen Kopf durch die Gitterstäbe und erschreckte uns zu Tode. Smokey klammerte sich an mir fest, dann rannten wir schnell weiter. An der nächsten Ecke schien es eine Versammlung zu geben. Unter dem Licht der Laterne sahen wir drei Straßenköter, die sich scheinbar gut verstanden. Sie sahen uns beide und blieben ganz ruhig stehen. Ich fand sie sehr nett, also ging ich hin. „Hallo, was macht ihr so spät noch hier draußen, habt ihr kein Zuhause?" ,fragte ich, ohne unhöflich sein zu wollen. „Das Gleiche könnten wir euch fragen. Wir vertreiben uns nur die Zeit, vielleicht werden wir später ein paar Mäuse jagen und Mülltonnen ausleeren!" „Pfui Teufel, das soll Spaß machen?" „Was heißt hier Spaß, wir haben einfach nur Hunger. Ein Zuhause gibt es nicht, wir leben auf der Straße, fressen von dem, was die Leute so wegwerfen. Ihr seht aus wie verwöhnte Schlittenhunde, die vielleicht sogar ihr Fressen verschmähen, um mal etwas anderes zu sehen. Habe ich recht?" Ich überlegte scharf, ob ich ihnen die Geschichte von unserem Ausbüchs - Abenteuer auf die Nase binden sollte, ließ es aber dann besser sein. „Dürfen wir mit euch gehen?" „Wenn ihr wollt, gerne!" ,sagte der mit dem zotteligen Fell und dem schwarzen Fleck auf der Stirn.

Den Glücksbringern sei Dank

Wir liefen sehr viel schneller als sie, versuchten aber mit ihnen Schritt zu halten. Irgendwann ließen wir die Straßen hinter uns und kamen in ein nahegelegenes Waldstück. Es war stockdunkel, aber auch wenn wir Hunde in der Dunkelheit sehr viel besser sehen können als ihr Menschenkinder, konnten wir die Pfote vor Augen kaum erkennen. Die drei Streuner schnupperten mit ihren Nasen auf dem Waldboden herum, in der Hoffnung, etwas Fressbares aufzustöbern. Die Äste knackten unter unseren Pfoten, ansonsten war nur ein leises Schnaufen zu hören. Smokey hatte ein wenig Angst im Dunkeln, obwohl er fast aussieht wie ein Wolf, benimmt er sich manchmal wie ein Hase, der auf der Flucht ist. Diesen Gedanken hatte ich noch nicht ganz zu Ende gedacht, da rannte der Streuner mit dem schwarzen Fleck auf der Stirn los wie ein Tiger - er hatte die Fährte eines Kaninchens entdeckt. Er schlängelte sich zwischen den Bäumen durch und war bald nicht mehr zu sehen. Ich hatte ein wenig Mitleid mit dem armen Kaninchen, hoffte insgeheim, dass er es nicht erwischen würde. Die anderen hatten sich auch schon ein wenig von uns entfernt. Smokey wollte nicht mehr weiter laufen. „Ich gehe keinen Schritt mehr. Entweder, wir gehen jetzt sofort nach Hause, oder ich heule!"

„Mach dich nicht lächerlich, Smokey, ich möchte nur mal sehen, was es nachts im Wald noch zu entdecken gibt." „Gut, entdecke du, was du willst, ich gehe heim....!" Ich wollte ihm noch etwas sagen, da war er schon weg. Dieser Hund glaubt noch an Gespenster! Nun stand ich ganz alleine da, überlegte, wohin ich gehen sollte. Erst wollte ich auch der Spur des Kaninchens folgen, um zu sehen, ob es die Hetzjagd überlebt hatte, dann überlegte ich es mir doch anders und lief langsam den anderen beiden Hunden hinterher. Vielleicht hatte sich die Kaninchenmama auch bloß verirrt, diese Tiere haben einen sehr schlechten Orientierungssinn. Wenn sie sich mehr als 100 Meter von ihrer Behausung entfernen, finden sie manchmal nicht zurück. „Hey, wartet do....." Ich wollte den Streunern etwas zurufen, aber mir blieb der Satz im Hals stecken, als ich ein merkwürdiges Geräusch hörte. Ich hatte schon viele Geräusche gehört, aber dieses konnte ich beim besten Willen nicht zuordnen. Ein ganz leises, grelles Piepsen war zu hören. Ich bewegte mich langsam in die Richtung, aus der das Geräusch kam . Ich schlich an einem Baum vorbei und hörte es nicht mehr. Dann ging ich einen Schritt zurück und da war es wieder. Es kam aus einem Erdloch, ringsum konnte ich noch weitere Löcher erkennen und ich überlegte erst, ob ich wirklich nachsehen sollte. Vielleicht wollte dieser Jemand, der da wohnte, ja seine Ruhe haben. Es hörte sich aber eher so an, als seien es Hilferufe, viele kleine ganz leise Hilferufe. Ich entschied mich, nachzusehen. Zuerst konnte ich nicht viel erkennen, es war ziemlich dunkel, also ging ich mit der Nase ganz nah heran und sah mit einem Auge in das Loch hinein. Ich konnte einige Büschel Kaninchenhaare erkennen, die ich herausnahm. Auch befand sich jede Menge erbsengroßer Kot auf dem Boden. Endlich konnte ich etwas erkennen.

Ich sah viele kleine Füßchen, die fünf neugeborenen, nackten Kaninchenbabys gehörten, die sich völlig blind und alleine aneinander kuschelten. Vielleicht dachten sie, ich sei ihre Mama. Wo die bloß sein könnte? Wären es Hasenbabys gewesen, hätten sie bereits die Augen weit offen und auch schon Fell am Körper, die Kaninchen aber werden völlig nackt und blind geboren. Was sollte ich bloß machen? Während ich überlegte, krabbelte eines der Babys in meine Richtung. Ganz langsam und noch ziemlich wackelig auf den Beinen, wollte es sicher seine Mama suchen gehen. Ob sie vielleicht Hunger hatten? Hm, was fressen denn kleine Kaninchenbabys? Was habe ich denn bekommen, als ich noch ein Baby war? MILCH!! Jawohl, das war des Rätsels Lösung! MILCH! Aber woher sollte ich Milch bekommen, wenn die Mutter nicht bald zurückkommen würde? Dann kam mir ein furchtbarer Gedanke in den Sinn. Hatte der Streuner mit dem schwarzen Fleck auf der Stirn nicht soeben ein Kaninchen gejagt? Das war ganz bestimmt die Mutter dieser süßen Babys! Sollten sie nun etwa vor Hunger sterben? Aber nicht, wenn ich hier etwas zu sagen hatte, mir wird schon etwas einfallen! Dachte ich. Mir fiel aber nichts ein. Dann dachte ich an meine Feder, die angeblich Zauberkräfte haben sollte. Das war DIE Gelegenheit zu sehen, ob das Elchkind Recht behalten sollte. Ich nahm die Feder in beide Pfoten und schloss meine Augen. Der Wind wurde plötzlich laut um mich herum aber meine Augen hielt ich fest geschlossen. Er wurde immer kräftiger und kräftiger, langsam wurde es mir unheimlich. Dann schüttelte er mit lautem Saus und Braus die Bäume um mich herum. Die Feder flog mir im hohen Bogen aus der Pfote - ich riss die Augen auf und sprang so schnell es ging hinterher. Sie wirbelte in der Luft herum über Stock und Stein, hoch und wieder runter, aber ich konnte sie einfach nicht mehr einfangen. Ich war völlig außer Atem, da wurde es urplötzlich still und die Feder blieb am Boden liegen. Aber wo bin ich gelandet? Ich stand inmitten einer Kuhwiese, mindestens eine Millionen Kühe standen um mich herum und sahen mich mit großen braunen Augen an. Ich glaube es waren noch mehr, aber nur eine von ihnen stand mir direkt gegenüber.

„Hallo, Kuh, kannst du mir etwas von deiner Milch borgen, damit ich fünf kleine Kaninchenbabys damit füttern kann? Du würdest ihnen ganz sicher damit das Leben retten!!" „Es tut mir leid, lieber Schlittenhund, aber ich habe noch keine Kinder großgezogen, folglich haben meine Euter auch noch keine Milch, geh doch mal zu der Braunen da drüben, sie hat ein Kälbchen bei sich, sicher gibt sie dir etwas Milch ab!" Die freundliche Kuh zeigte zu einer anderen, die nur wenige Meter entfernt stand, neben ihr ein kleines Kälbchen. „

Hallo, Kuh, wäre es möglich, ein wenig Milch von dir zu bekommen, damit ich fünf kleine Kaninchen damit füttern kann? Du würdest mir einen riesengroßen Gefallen tun!" „MMMuuuuhhh, selbstverständlich kannst du etwas Milch bekommen. Es reicht, um mein kleines Kälbchen zu ernähren, da wird auch noch etwas übrig sein.

Nimm dir soviel du brauchst, du bist ein guter Hund!" „ Danke, liebe Kuh, das werde ich dir nie vergessen!" Ich nahm ein wenig Milch und rannte wie ein Blitz zurück zum Bau, wo die kleinen Babys schon hungrig auf mich warteten.

Sie verschlangen die ganze Portion auf einmal. Dann schliefen sie satt und zufrieden ein. Ich musste schnell ein anderes Kaninchen finden, das sich ihrer annehmen würde. Also machte ich mich auf die Suche. Kreuz und quer lief ich durch den Wald, konnte aber kein Kaninchen finden. Auf einem Laubhaufen machte ich erst einmal Rast und überlegte, was ich tun könnte. Da bekam ich einen Schreck. Mir fiel auf, daß ich meinen Tannenzapfen verloren hatte den mir Jonny als Glücksbringer gab! Oh nein, ich musste ihn unbedingt wiederfinden!! Die Strecke, die ich gelaufen war, lief ich zurück und suchte nach meinem Zapfen. Dann sah ich ihn einige Meter vor mir liegen. Vor lauter Freude wollte ich schnell hinlaufen um ihn zu holen. Doch ich blieb stehen, es fehlte ein Stück!! Wer hatte da von meinem kostbaren Zapfen gefressen? Der Übeltäter zeigte sich schnell. Ein Kaninchen! Es war kaum zu glauben, der Glücksbringer hatte tatsächlich seinen Zweck erfüllt! Wie sollte ich nun das Kaninchen dazu bringen, mir zu der Höhle zu folgen, in der die Babys lagen, damit es sich um sie kümmern konnte? Es gab nur eine Möglichkeit: Immer, wenn es sich ein wenig von meinem Zapfen entfernte, rollte ich ihn ein paar Meter weit weg, in die Richtung, in der die Babys versteckt waren. Nach einiger Zeit war die Höhle erreicht, ich stellte mich hinter einen Baum, so dass mich das Kaninchen nicht sehen konnte und wartete ab.

Tatsächlich!! Es hatte die Babys entdeckt, kroch in ihre Höhle und versorgte sie mit allem was sie brauchten! Ich hörte die Kleinen schmatzen, scheinbar war auch dieses Kaninchen eine Mama, sodaß sie ihnen Milch geben konnte. Das machte mich stolz. Glücklich und zufrieden kehrte ich nach Hause zurück und erzählte Smokey, was er verpasst hatte. Tja, er war schon recht neidisch, ärgerte sich über sich selbst, aber da konnte ich ihm leider nicht weiterhelfen.

Unser Musher hatte uns durchschaut, also kamen wir beide den nächsten Tag wieder in den Hundezwinger. Wie ein Angeber erzählte Smokey, was WIR alles erlebt hatten. Ich ließ ihn reden, legte mich müde auf meine Hütte. Jetzt musste ich erst einmal ein wenig Schlaf nachholen!

„Willow?" Ich träumte gerade von Jonny, dem Elchkind und den Kaninchenbabys, als mich Smokey stören musste „Was ist denn?" „Wenn du nicht als Schlittenhund auf die Welt gekommen wärst, was hättest du gerne gemacht?" „Hm, ich glaube, dass ich Rechtsanwalt geworden wäre. Es herrscht so viel Ungerechtigkeit auf dieser Welt, da müsste wirklich mal jemand aufräumen. Ja, ich glaube, dass ich meine Arbeit gut gemacht hätte.Und was ist mit dir?" „Ich wäre gerne ein Pilot!" ,sagte Smokey, seinen Blick in den Himmel gerichtet. „Ich würde das größte Flugzeug fliegen, was es überhaupt gibt und dann einmal um die ganze Welt fliegen.!!!" „Na, und wenn es dann mal dunkel werden sollte, stürzt du vor lauter Angst ab, hahahaha!" Den Spaß ließ ich mir nicht nehmen. „Was ist mit dir, Azura, was hättest du gerne gemacht, wenn du kein Schlittenhund sein könntest?" „Was für eine Frage, als Friseuse würde ich die schönsten Hunde aus euch machen und immer wieder etwas Neues ausprobieren. Willow bekäme einen leichten Haselnuß-Ton auf sein Haupt gefärbt und Smokey würde eine Dauerwelle gar nicht übel stehen. Ich würde Zöpfe flechten, Papa einen Glatzkopf verpassen und vor allem mit netten Leuten diskutieren, ob sie dem Schwager ihrer Tante nun zur Heirat raten sollen oder nicht.!" „Toll, das hört sich ja irre interessant an" ,mischte sich Loucie ins Gespräch. „Meinereiner wäre eine große Lehrerin, die mit einem ganz klugen Köpfchen Algebra, Geographie und aliphatische Halogenverbindungen lehren würde, äußersten Wert auf Pünktlichkeit, Disziplin und Zuverlässigkeit legt, während sie noch genügend Zeit opfert, um sich um ihre Schützlinge zu kümmern!!" „Mannomannomann bist du aber streng, da möchte ich aber nicht die Schulbank drücken müssen! Da gehe ich lieber ins Internat!" sagte ich. „Was ist ein Internat?" „Naja, ähm, also, ein Internat ist...... ähm, wie soll ich es euch erklären, eine Schule, in der ihr wohnt, eßt, schlaft und eure Freizeit verbringt, bis auf das Wochenende. Da kommt ihr dann nach Hause und könnt tun, was ihr wollt!" „ Ich habe schon einmal von Internet gehört, aber ein Internat ist mir fremd!" Das konnte nur von Smokey kommen.

„Seid ihr denn nicht zufrieden damit, ein richtiger Schlittenhund geworden zu sein?" ,wollte Mutter wissen. „Zufrieden? Stolz sind wir, jawohl! Wenn du mich fragst, können wir sämtliche Lehrer, Piloten, Rechtsanwälte und Friseure in die Tasche stecken!! Vielleicht sollten wir die mal fragen, ob sie lieber ein Schlittenhund wären?"

„Genau, das wird ein tolles Gespann, die Friseuse als Leithund, dann den Rechtsanwalt neben der Lehrerin und den Piloten als letzten, dem müßte man erst einmal beibringen, dass nicht senkrecht gestartet wird!!"

Ich weiß nicht, wie lange wir noch dalagen und uns einen solchen Blödsinn erzählten, jedenfalls hatten wir sehr viel zu lachen und freuten uns darüber, Schlittenhunde sein zu dürfen. Dies würde keiner von uns gegen etwas anderes eintauschen wollen. Es wurde spät, die Luft kühlte sich ab und die Sonne verschwand ganz langsam am Horizont. Kurz bevor sie „Gute Nacht" sagte, verfärbte sie den Himmel in den schönsten Farben der Welt. Tiefrot zauberte sie aus den wenigen Wolken einen wunderschönen Feuerball, der noch viele Minuten zu sehen war. Die Vögel kamen aus dem Süden zurück und es sah aus, als ob ihr Weg durch die Sonne hindurchführte.